Ο Αχιλλέας Έπεσε

Γιώργος Γεράσιμος Μαντζιώκας

Published by Γιώργος Γεράσιμος Μαντζιώκας, 2022.

This is a work of fiction. Similarities to real people, places, or events are entirely coincidental.

Ο ΑΧΙΛΛΕΑΣ ΕΠΕΣΕ

First edition. May 9, 2022.

ISBN: 979-8201473655

Written by Γιώργος Γεράσιμος Μαντζιώκας.

Πίνακας Περιεχομένων

Αφιερώνεται στον Αρχιεπίσκοπο Αλβανίας Αναστάσιο.

Η ερμηνεία της ευαγγελικής περικοπής που περιέχεται στο παρών μυθιστόρημα, προέρχεται από το βιβλίο του "Ακτίνες από το Φως του Ευαγγελίου". Ένα βιβλίο που μας υπενθυμίζει ότι το "άλας της γης" δεν έχει χάσει ακόμα την αλμύρα του.

Κι αν οι κρύες μηχανές δουλεύουν,
μη φοβάσαι φίλε μου.
Όταν οι σχολαστικοί μας δίδασκαν
τους άψυχους νόμους που ορίζουν το μέλλον,
οι ψυχές μας είπαν κρυφά:
Ίσως, μα υπάρχει και κάτι άλλο!

- Τζ. Κ.Τσέστερτον

Ο Αχιλλέας Έπεσε

I

Ο Μάικλ γέμισε την κούπα του ζεστό καφέ από το μηχάνημα του διαδρόμου. Με το που γέμισε η κούπα, ένα χαμογελαστό προσωπάκι εμφανίστηκε πάνω της.

«Αυτό είναι το τρίτο σου γέμισμα σήμερα», ακούστηκε από ένα ηχείο στον πάτο της κούπας, «ο παγκόσμιος οργανισμός υγείας συστήνει να αποφεύγεται η κατανάλωση πάνω από δύο κουπών ανά ημέρα».

«Δεν μας παρατάς ρε φτηνιάρικο μπιμπελό» ψέλλισε μέσα από τα δόντια του ο Μάικλ.

Ύστερα πήρε την κούπα και προχώρησε στον διάδρομο, περνώντας μέσα από ένα τεράστιο ολόγραμμα της ΝΑΣΑ. Το χείλος της κούπας ήταν κόκκινο στο χρώμα του αίματος, που σήμαινε ότι ο καφές ήταν ακόμα πολύ καυτός για να μπορεί να τον πιει. Περπατώντας πέρασε από διάφορους θαλάμους γεμάτους από υπολογιστές και χαμηλόβαθμους υπαλλήλους που δούλευαν ασταμάτητα σε αυτούς. Ένα αχνό χαμόγελο σχηματίστηκε στα χείλη του. Είχε βρεθεί και αυτός εκεί, να βαράει ρυθμικά τα πλήκτρα, να επαναλαμβάνει ξανά και ξανά τις ίδιες προσομοιώσεις, να κάθεται περισσότερες ώρες από ότι επέτρεπαν οι υπερωρίες για να γίνουν όλα σύμφωνα με τα πρωτόκολλα. Όλα αυτά όμως είχαν τελειώσει. Είχε καταφέρει να πάρει προαγωγή. Τα τελευταία χρόνια τα περνούσε σχεδιάζοντας και επιβλέποντας τις αποστολές, ενώ άλλοι έκαναν την χαμαλοδουλειά.

Ειδικά εκείνη την μέρα ήταν εξαιρετικά χαρούμενος. Ο διευθυντής έλειπε για κάτι βαρετές μεν καλοπληρωμένες δε, διαλέξεις στο ΜΙΤ και εκείνος ως αναπληρωτής διευθυντής είχε την εποπτεία ολόκληρου του σταθμού.

Πέρασε στην κεντρική αίθουσα επιχειρήσεων. Με την πρώτη ματιά του φάνηκε άδεια. Λογικό, ήταν τέσσερις το πρωί και ελάχιστοι εργαζόμενοι βρίσκονταν στις θέσεις τους. Ένα πελώριο ολόγραμμα στην κορυφή του δωματίου έδειχνε την πορεία του διαστημόπλοιου «ΑΧΙΛΛΕΑΣ» που βρισκόταν στο παρθενικό του ταξίδι με προορισμό τον πλανήτη Δία. Η τελευταία ενημέρωση της θέσης του Αχιλλέα έδειχνε πως πλησίαζε τον Γανυμήδη, τον μεγαλύτερο δορυφόρο του Δία. Ένας απαλός ήχος, σαν μια σταγόνα που πέφτει σε μια υδάτινη επιφάνεια, επανάφερε την προσοχή του στην κούπα που κρατούσε στο χέρι του. Το χείλος της κούπας είχε πάρει ένα γαλάζιο χρώμα, που σήμαινε πως ο καφές ήταν στην κατάλληλη θερμοκρασία. Στάθηκε για μια στιγμή και τον δοκίμασε. Ούτε ανυπόφορα καυτός αλλά ούτε και ενοχλητικά χλιαρός, όπως έπρεπε.

Στα αυτιά του έφτασαν ψίθυροι και νεανικά χαχανητά. Ερχόντουσαν από κάποια από τις κεντρικές σειρές των υπολογιστών. Εκεί βρήκε τον Μπόρις, ανερχόμενο αστροφυσικό, να διασκεδάζει μια μικρή ομάδα μαθητευόμενων διηγούμενος αστεία περιστατικά.

«Μπόρις, κάνε έναν πλήρες διαγνωστικό έλεγχο στο σύστημα επικοινωνίας μας με τον Αχιλλέα. Έχει φτάσει η ώρα, δεν νομίζεις;» του είπε με απάθεια.

«Αμέσως αφεντικό», απάντησε ο Μπόρις και σηκώθηκε απρόθυμα για να κατευθυνθεί στο γραφείο του. Τότε μια νεαρή κοπέλα που άνηκε στην μικρή ομάδα των μαθητευόμενων σηκώθηκε και απεύθυνε τον λόγο στον Μάικλ.

«Κύριε υποδιευθυντή θα μπορούσατε να μας ενημερώσετε για αυτό το πολύ ενδιαφέρον ταξίδι του ΑΧΙΛΛΕΑ; Έχουμε βέβαια διαβάσει τις επίσημες ανακοινώσεις αλλά είναι διαφορετικό να ακούς τις πληροφορίες από πρώτο χέρι».

Ο Μάικλ χαμογελώντας έσυρε μια καρέκλα κοντά στην ομάδα των μαθητευόμενων και έκατσε δίπλα τους.

«Μου λες το ονοματάκι σου καλή μου; Όλγα, υπέροχα. Λοιπόν, η αποστολή του Αχιλλέα, όπως την λέμε εμείς εδώ πέρα, είναι ένα ιστορικό γεγονός. Για πρώτη φορά ο άνθρωπος θα πλησιάσει τον μεγαλύτερο πλανήτη του ηλιακού μας συστήματος. Όπως όλοι θα γνωρίζετε ο Δίας είναι ένας γίγαντας αερίων, αποτελείται στον μεγαλύτερο μέρος του από υδρογόνο και η μορφολογία του εσωτερικού του δεν είναι ακριβώς γνωστή. Αποτελεί ένα συγκεκαλυμένο μυστήριο για εμάς. Έχουμε πολλά να μάθουμε από την μελέτη και παρατήρηση αυτού του ιδιαίτερου πλανήτη. Και ξέρετε, πολλές από τις πληροφορίες που αναμένουμε να μάθουμε μέσα από αυτήν την αποστολή αποτελούν ένα είδος ιερού δισκοπότηρου, για την αστροφυσική. Προσωπικά έχω να σας εκμυστηρευθώ πως με τον εμπνευστή αυτής της αποστολής, τον διευθυντή κ. Σωτηριάδη, έχουμε βάλει ένα στοίχημα για τον αντικυκλώνα που έχει γίνει γνωστός ως Μεγάλη Κόκκινη Κηλίδα. Ναι, πραγματικά μην το γελάτε καθόλου».

«Θα μπορούσατε να μας πείτε και μερικά πράγματα για το διαστημόπλοιο, το ΑΧΙΛΛΕΑ;», πετάχτηκε ένας από τους μαθητευόμενους.

«Για αρχή, είναι πολύ πιο περίπλοκο από το Ντάτσουν του πατέρα σου, φίλε μου», απάντησε κάπως ενοχλημένος από ο Μάικλ.

Ο ΑΧΙΛΛΕΑΣ ΕΠΕΣΕ

«Αυτό το διαστημόπλοιο είναι...ένα έργο τέχνης», συνέχισε, «Ο θείος Σαμ για να το δημιουργήσει ξόδεψε ενάμισι δισεκατομμύριο δολάρια. Το έχουμε εξοπλίσει με τέτοιο τρόπο ώστε να μπορεί να ανταπεξέλθει σε κάθε περίσταση. Δηλαδή, πως να σας το πω...μόνο αν κάποιο αόρατο σκάφος εξωγήινων ξεπεταχτεί από την κρυφή πλευρά του Γανυμήδη και αρχίσει να εξαπολύει ριπές λέιζερ στον Αχιλλέα τότε...ίσως τότε οι κοσμοναύτες μας να αρχίσουν λίγο να ιδρώνουν. Για όλα τα υπόλοιπα πάντως δεν θα ανησυχήσουν καθόλου».

«Γιατί το ονομάσατε Αχιλλέας; Υπάρχει κάποιος συμβολισμός πίσω από την ονομασία;», επανήλθε ρωτώντας η νεαρή κοπέλα.

«Κοίτα, για την ονομασία ευθύνεται αποκλείστηκα και μόνο ο διευθυντής μας ο κ. Σωτηριάδης. Επειδή αυτός είναι Έλληνας θεώρησε ταιριαστό να του δώσει ελληνικό όνομα. Τον είχα ρωτήσει, και μου είχε αραδιάσει κάτι αηδίες για τα τείχη της Τροίας, τον Ποσειδώνα που ήταν αδερφός του Δία...τα τείχη της άγνοιας...κάτι τέτοια περίεργα. Βέβαια αν θέλετε την γνώμη μου θα έπρεπε να του δώσουμε την ονομασία ΑΝΘΡΩΠΟΤΗΤΑ. Γιατί, αυτό το ταξίδι στην πραγματικότητα αποτελεί το πρώτο ουσιαστικό βήμα της ανθρωπότητας για την κατάκτηση του διαστήματος. Μην ξεγελιέστε, η προσσελήνωση έμοιαζε με...πως να το πούμε τώρα...σαν τον πιτσιρικά που βαρέθηκε τα παιχνίδια που έχει στο σπίτι και άνοιξε την πόρτα του σπιτιού βγάζοντας το κεφάλι του έξω. Απλώς αποδείξαμε στους εαυτούς μας ότι μπορούμε να το κάνουμε. Όμως, η πραγματική εξερεύνηση ξεκίνησε πριν δέκα μήνες με την εκτόξευση του ΑΧΙΛΛΕΑ. Στείλαμε ένα διαστημόπλοιο για να μπει σε διαρκή τροχιά γύρω από τον Δία, να τον μελετήσει, να τον αποκωδικοποιήσει. Σε δεύτερη φάση θα ασχοληθούμε με τα εξήντα εφτά φεγγάρια που περικυκλώνουν τον Δία. Ίσως βρούμε και εξωγήινη ζωή, στην ατμόσφαιρά του. Ξέρετε πως υπάρχει η περίφημη εικασία του Σαγκάν, με την εξωγήινη μορφή με βάση το άζωτο. Όλα αυτά είναι πολύ ενδιαφέροντα».

«Βλέπω πως έχετε μεγάλες προσδοκίες για αυτό το πρόγραμμα. Μήπως υπερβάλετε κάπως;», επανήλθε δριμύτατος ο ενοχλητικός μαθητευόμενος. Μια προσβλητική έκφραση για τους γονείς εκείνου του ενοχλητικού νεαρού, πέρασε από το μυαλό του Μάικλ, ενώ παράλληλα αναρωτήθηκε ενδόμυχα, γιατί να βρίσκονται τόσο πολλοί κόπανοι ανάμεσα στους σπουδαστές της αστροφυσικής. Ύστερα, όμως θυμήθηκε πως έτσι ήταν κι εκείνος όταν σπούδαζε.

«Ο Ίαν ήθελε να σας ζητήσει να μας εξηγήσετε τους λόγους οι οποίοι σας κάνουν να πιστεύετε τόσο πολύ σε αυτό το πρόγραμμα», επενέβη σωτήρια η νεαρή κοπέλα.

«Ναι; Αυτό ήθελες να ρωτήσεις…Ίαν;», ρώτησε με ξεκάθαρα ειρωνικό τόνο ο Μάικλ. Ο νεαρός δεν απάντησε παρά μόνο έγειρε πίσω στην πλάτη της καρέκλας και έστρεψε αλλού το βλέμμα του. Ενδόμυχα αναρωτήθηκε γιατί να υπάρχουν τόσο πολλοί κόπανοι στα ανώτατα κλιμάκια της ΝΑΣΑ.

«Για να καταλάβετε, πόσο πολύτιμο είναι το πρόγραμμα Αχιλλέας, φτάνει να σας πω ότι έχουμε λάβει υπόψη μας κάθε παράμετρο. Έχουμε κάνει έναν προγραμματισμό ερευνών που επεκτείνεται σε μια περίοδο είκοσι ετών. Έχουμε προετοιμαστεί για δεκάδες εναλλακτικά σενάρια», συνέχισε με ενθουσιασμό ο Μάικλ.

«Γνωρίζω, τα πάντα γύρω από αυτό το διαστημόπλοιο, τις δυνατότητες, τις αδυναμίες του, τα προβλήματα που χρειάστηκε να ξεπεράσει για να φτάσει μέχρι εδώ. Ήμουνα εκεί, όταν η ιδέα για την κατασκευή του γεννήθηκε για πρώτη φορά στο μυαλό του Σωτηριάδη, πολύ πριν γίνει ο μεγάλος και τρανός διευθυντής.

Ο ΑΧΙΛΛΕΑΣ ΕΠΕΣΕ

Όταν το πρόγραμμα παραλίγο να εγκαταλειφθεί πριν εννέα χρόνια είχα πέσει σε κατάθλιψη. Όταν κατασκευάστηκαν τα πρώτα του κομμάτια ήμουνα εκεί. Τις περισσότερες φορές που η κατασκευή του ή ο σχεδιασμός...πως να το πω...σκάλωνε κάπου ...εγώ...ξενύχταγα όλη την νύχτα στο γραφείο, μέχρι να βρεθεί η λύση. Πιστέψτε με, τα τελευταία χρόνια έχω περάσει περισσότερη ώρα με τον Αχιλλέα από ότι με την ίδια μου την κόρη. Οπότε όταν σας λέω πως αυτό το πρόγραμμα είναι πραγματικά τεράστιάς σημασίας, ξέρω πάρα πολύ καλά τι λέω».

«Και η κόρη σας τι έχει να πει, γι᾽ αυτό;», ρώτησε ο Ίαν με κακεντρέχεια.

«Η κόρη μου νεαρέ, η Έλενα μου, πέρασε πρώτη στην ακαδημία της ΝΑΣΑ πριν πέντε χρόνια και αποφοίτησε επίσης πρώτη. Μάλιστα, αυτή την στιγμή βρίσκεται μέσα στον Αχιλλέα και κατευθύνεται προς τον Δία χαράζοντας το μέλλον της ανθρωπότητας. Οπότε, να είσαι σίγουρος, αν ήταν εδώ τώρα...θα την άκουγες...να λέει πως ο μπαμπάς της είναι σπουδαίος και πως καλά έκανε και αφιέρωσε την ζωή του σε αυτό το έργο. Σίγουρα η ιστορία κάποτε θα γράψει...»

Ξαφνικά, ένας δυνατός και διαπεραστικός θόρυβος αντήχησε μέσα στην αίθουσα. Ο Μάικλ πετάχτηκε όρθιος σαν πιεσμένο ελατήριο. Παρόλο τον θόρυβο της σειρήνας κατάφερε να ακούσει το απότομο άνοιγμα μιας πόρτας πίσω του και γύρισε ενστικτωδώς προς το μέρος της. Από το άνοιγμα της πόρτας φάνηκε ο Μπόρις. Το πρόσωπο του ήταν υπερβολικά χλωμό, και είχε την έκφραση του ανθρώπου που είχε δει τον θάνατο με τα ίδια του τα μάτια.

«Ηλίθιε», ούρλιαξε ο Μάικλ, «τι έκανες πάλι; Πες μου;». Εκείνος, ξεροκατάπιε, σήκωσε το βλέμμα του και κοιτάζοντάς τον στα μάτια του είπε, «Κύριε υποδιευθυντή, οφείλω να σας αναφέρω ότι...ο Αχιλλέας έπεσε».

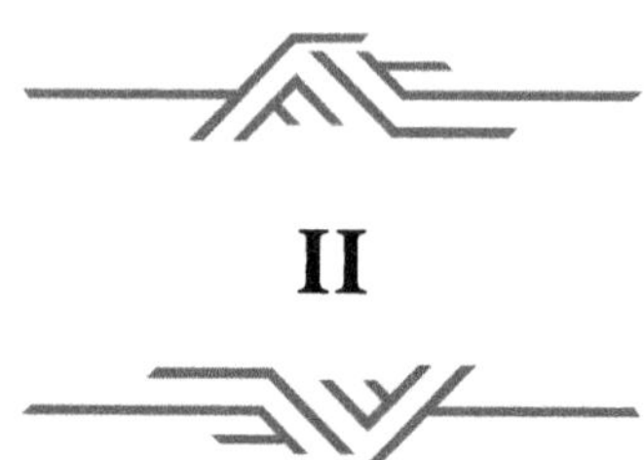

II

Ο Στεφάν βρισκόταν μόνος του στο εργαστήριο όταν έγινε η έκρηξη. Ενστικτωδώς τα χέρια του κινήθηκαν μπροστά και γραπώθηκαν από τις άκρες του τραπεζιού. Το σώμα του κινήθηκε προς τα πάνω, ενώ το πελώριο διαστημόπλοιο ακολουθούσε την αντίθετη κατεύθυνση. Ο ΑΧΙΛΛΕΑΣ βρισκόταν σε πτώση.

Η έκρηξη είχε γίνει στον χώρο των μηχανών, αχρηστεύοντας τες τελείως και μετατρέποντας το διαστημόπλοιο σε έναν τεράστιο κομήτη με κατεύθυνση την παγωμένη επιφάνεια του Γανυμήδη.

Πέφτοντας το διαστημόπλοιο άρχισε να περιστρέφεται ολοένα και πιο γρήγορα καθώς πλησίαζε την επιφάνεια του φεγγαριού. Ο Στεφάν ένιωσε το σώμα του να τεντώνεται από την βίαιη επέμβαση της φυγόκεντρου δύναμης. Γύρω του επικρατούσε χάος, διάφορα αντικείμενα που πριν αιωρούνταν αδρανή, τώρα στροβιλίζονταν ανώμαλα και συγκρούονταν πότε μεταξύ τους και πότε με τα τοιχώματα. Η σπονδυλική του στήλη άρχισε να πιέζεται σαν να βρισκόταν ανάμεσα στις δαγκάνες μια πελώριας τανάλιας. Έπρεπε να κάνει κάτι γρήγορα αλλιώς η πίεση θα τον έκοβε στα δύο.

Μην αντέχοντας τον πόνο, τα χέρια του άφησαν το τραπέζι και το σώμα του τραβήχτηκε προς τα πίσω με τεράστια δύναμη. «Θεέ μου», κατάφερε να ψελλίσει. Ύστερα, το κορμί του συγκρούστηκε με τρομερή ορμή πάνω σε έναν τοίχο του εργαστηρίου και κύλησε κάτω στο πάτωμα. Τα πόδια και τα χέρια του μαζεύτηκαν ενστικτωδώς και το σώμα του πήρε εμβρυακή στάση. Το χτύπημα στον τοίχο ήταν τόσο δυνατό που του είχε ακαριαία κόψει την αναπνοή. Έντρομος και μέσα σε τρομερό πόνο άνοιξε το στόμα του διάπλατα προσπαθώντας να πάρει αναπνοή. Η γλώσσα του κρεμάστηκε και τα μάτια του άρχισαν να δακρύζουν από τον πόνο. «Θεέ μου σώσε με, σώσε με...σε παρακαλώ». Αισθάνθηκε μια έντονη ζαλάδα λόγω τις έλλειψης οξυγόνου και γρήγορα έχασε εντελώς τις αισθήσεις του. Εν τω μεταξύ, το διαστημόπλοιο συνέχιζε να πέφτει.

✳

Ο ΣΤΕΦΑΝ ΒΡΙΣΚΟΤΑΝ στην τρίτη σειρά, ανάμεσα σε άλλα παιδάκια. Φορούσε, ένα σκούρο μπλε σορτσάκι και εκείνο το λευκό φανελάκι με το σπορ αυτοκίνητο που του το είχαν πάρει στα γενέθλια του και το φορούσε συνεχώς από τότε. Βρισκόταν στην Εκκλησία του Αποστόλου Παύλου στο Ομσκ. Βρισκόταν εκεί για να παρακολουθήσει το κατηχητικό.

«Περίεργο», σκέφτηκε ο Στεφάν, «ποτέ δεν πήγαινα στο κατηχητικό με αυτά τα ρούχα. Πάντα φορούσα τα καλά μου και όχι τα καθημερινά». Ύστερα, πρόσεξε και κάτι ακόμα πιο περίεργο. Ήταν σίγουρα, εκείνος ο λιπόσαρκος μπόμπιρας που καθόταν στην τρίτη σειρά, αλλά ενίοτε ένιωθε λες και παρακολουθούσε τον εαυτό του από κάπου αλλού σαν θεατής. Το κεφάλι του μικρού Στεφάν κουνήθηκε δεξιά και αριστερά παρατηρώντας τον εσωτερικό χώρο της Εκκλησίας. Ήξερε πως βρισκόταν στην Εκκλησία του Αποστόλου Παύλου, καθώς εκεί πήγαινε στο κατηχητικό, αλλά αυτή η Εκκλησία διέφερε σημαντικά από αυτή που θυμόταν. Ήταν πολύ πιο μεγάλη και φωτεινή από αυτή που ήξερε. Ο μεγάλος τρούλος έμοιαζε σαν να χάνετε στον ουρανό, αν και διακρινόταν ξεκάθαρα η μορφή του Παντοκράτορα στο κέντρο του. Ακόμα, το φως ήταν πολύ λαμπρό και έμοιαζε σαν να έμπαινε από παντού. Κοίταξε την πόρτα, ήταν ανοιχτή και έξω φαινόταν ένα υπέροχο τοπίο, καμία σχέση με το Ομσκ που θυμόταν εκείνος, έμοιαζε μάλλον με το εξοχικό των γονιών του στο καταπράσινο Μεντβεγιεγκόρσκ. Πρόσεξε λίγο περισσότερο το τοπίο και του φάνηκε θολό, αφύσικα θολό.

«Κατάλαβα. Βρίσκομαι σε ένα όνειρο».

Ο ηλικιωμένος παπά-Θεόδωρος ήρθε και έκατσε σε μια ξύλινη καρέκλα μπροστά στα παιδιά. Στο δεξί του χέρι κρατούσε ένα μεγάλο Ευαγγέλιο. Αυτός ήταν ίδιος και απαράλαχτος όπως τον θυμόταν. Κοντούλης, ασπρισμένος εντελώς από τα χρόνια και μ 'ένα μικρό καμπούριασμα στην πλάτη. Η τελευταία φορά που τον είχε δει ο Στεφάν ήταν στα δεκαέξι του χρόνια, μια μέρα πριν φύγει για το Πανεπιστήμιο της Μόσχας. Αυτή ήταν και η τελευταία φορά που βρέθηκε στην γενέτειρα του στο Ομσκ.

Ο παπάς άνοιξε το Ευαγγέλιο και άρχισε να ψάχνει για το σημείο που ήθελε. «Σήμερα θα ακούσετε για την κόρη του Ιαείρου ...ο Ιαείρος ήταν ένας άρχοντας της Συναγωγής, πλούσιος και δημοφιλής. Ξέρουμε όλοι πως συνηθίζουν να είναι οι άνθρωποι που συγκεντρώνουν πλούτο και εξουσία, έ παιδιά; Υπερόπτες, έτσι; Η δύναμη που έχουν συχνά τους οδηγεί στο να πιστεύουν ότι...μπορούν να κάνουν τα πάντα...πως είναι άτρωτοι. Θα σου πουν, εγώ φίλε δεν ανησυχώ για τίποτα έχω τον τρόπο μου. Ο Ιαείρος όμως δεν ήταν τέτοιος άνθρωπος. Είχε ένα σπάνιο χαρακτηριστικό...ήταν ταπεινός. Έτσι, όταν έμαθε ότι ο Ιησούς έφτασε στην πόλη του, έτρεξε πρώτος να τον συναντήσει. Έπεσε μπροστά στα πόδια του και του ζήτησε να έρθει στο σπίτι του για να γιατρεύσει την κόρη του που ήταν πολύ βαριά άρρωστη. Βλέπετε, ότι είχε ακλόνητη πίστη στο ότι ο Χριστός πράγματι θα γιάτρευε την κόρη του. Για δείτε όμως τι έγινε καθώς πορεύονταν για το σπίτι. Σας διαβάζω, *Ενώ ο Ιησούς ακόμα μιλούσε, ήρθε κάποιος από το σπίτι του άρχοντα της συναγωγής και του λέει "Η* κόρη σου πέθανε, μην ενοχλείς πλέον τον διδάσκαλο". Βλέπετε παιδιά, ο καλός αυτός άνθρωπος ακολουθεί τον Χριστό, πιστεύει σε αυτόν, αλλά...τα πράγματα όχι μόνο δεν καλυτερεύουν αλλά αντιθέτως χειροτερεύουν και μάλιστα πολύ. Τι σημαίνει αυτό; Σημαίνει τάχα, πως ο Θεός τιμωρεί αυτόν τον καλό άνθρωπο; Μήπως σημαίνει πως ο Θεός δεν ενδιαφέρεται για έναν καλό άνθρωπο ή για ένα καλό κοριτσάκι και του στέλνει, τάχα, μια ασθένεια;». Ο παπάς κούνησε αρνητικά το κεφάλι του. «Σημαίνει παιδιά, πως ακόμα και στους πιο καλούς ανθρώπους, και στους πιο πιστούς...συμβαίνουν κακουχίες...αναποδιές, δυσκολίες. Τι πρέπει να κάνουμε όμως εμείς παιδιά; Ακούστε τώρα τι του απαντάει ο Χριστός. Του λέει, *Μη φοβάσαι, μόνον πίστευε και θα σωθεί.* Αυτό, ακριβώς, παιδιά μου. Μη φοβάσαι άνθρωπε μου, ο ίδιος ο Θεός είναι δίπλα σου. Μόνο πίστευε και όλα θα πάνε καλά. Έτσι, αν κάποιος από εσάς βρεθεί σε μια δύσκολη κατάσταση και παρακαλέσει τον Θεό, αλλά αυτή δεν ισιώνει...δεν διορθώνεται. Αυτό που πρέπει να κάνει, είναι να μην φοβηθεί καθόλου και να συνεχίζει να πιστεύει. Δηλαδή να έχει απόλυτη εμπιστοσύνη στον Κύριο. Έτσι και με την κόρη του Ιαείρου. Ο Χριστός πήγε στο σπίτι του, έπιασε το κορίτσι από το χέρι και της είπε *"Κορίτσι σήκω"*».

Ο Στεφάν ένιωσε μια ιδιαίτερη θέρμη ακούγοντας τον παπά να μιλά. «Αυτό πρέπει να κάνω και εγώ αν βρεθώ ποτέ σε δύσκολη κατάσταση. Να σηκωθώ και να πω. Ναι, Θεέ μου σε εμπιστεύομαι. Είσαι δίπλα μου και εγώ δεν φοβάμαι τίποτα. Οπουδήποτε και να είμαι, εσύ δεν φεύγεις ποτέ από κοντά μου. Γιατί με αγαπάς, περισσότερο από τον καθένα. Και αφού έχω την αγάπη σου, τι άραγε υπάρχει ικανό να με φοβίσει;».

«Σήκω», επανάλαβε ο παπάς.

Ο ΑΧΙΛΛΕΑΣ ΕΠΕΣΕ

Ο Στεφάν, άνοιξε τα μάτια του αντικρίζοντας μια γκριζωπή θολούρα. Στο στόμα του ένιωσε μια άσχημη γεύση, αλμυρή και ζεστή. Ήταν αίμα, το στόμα του ήταν γεμάτο από αυτό. Προσπάθησε να φτύσει, αλλά δεν τα κατάφερε. Τελικά, η αδυναμία του τον κατέβαλε και οι δυνάμεις του τον εγκατέλειψαν για δεύτερη φορά.

Ύστερα από ώρα ξύπνησε ξανά. Έμεινε για αρκετή ώρα με κλειστά τα μάτια, προσπαθώντας να βάλει τις σκέψεις του σε τάξη. Προσπάθησε να ανοίξει το στόμα του αλλά ένας οξύς πόνος τον έκανε να σταματήσει. Το αίμα είχε πήξει κάνοντας την γλώσσα του να κολλήσει στην κάτω γνάθο. Και προσπαθώντας να την κουνήσει πόναγε πολύ και εκείνη την στιγμή δεν είχε την δύναμη να αντέξει οποιοδήποτε πόνο.

Επέλεξε να ανοίξει τα μάτια του. Βρισκόταν σε ένα φωτεινότερο χώρο από ότι πριν, αυτό ήταν σίγουρο. Το μόνο που μπορούσε να αναγνωρίσει ήταν πράσινα και κίτρινα φώτα. Σταδιακά, άρχισε να αναγνωρίζει τα περιγράμματα του χώρου, τους τοίχους και το πάτωμα. Ακόμα, αισθανόταν και μια μικρή πίεση στο στήθος, αν και προς το παρών δεν ήθελε να του δώσει σημασία.

Πέρασαν αρκετά λεπτά μέχρι να καθαρίσει εντελώς το βλέμμα του και μερικά ακόμα για να καταλάβει εντελώς αυτό που έβλεπε. Έβλεπε, το σώμα του, από την μέση και κάτω, ανασηκωμένο και τα πόδια του απλωμένα μπροστά του, αν και ήταν σίγουρος πως είχε πέσει με το πρόσωπο στο πάτωμα και τα πόδια πίσω. Ακόμα, παρατήρησε πως το πάτωμα έφευγε αργά αλλά σταθερά πίσω του. Βρισκόταν σε κίνηση, κάποιος τον τράβαγε μακριά από το κατεστραμμένο δωμάτιο. Κάποια μουρμουρητά έφτασαν στα αυτιά του, δεν καταλάβαινε ακριβώς τις λέξεις αλλά η χροιά της φωνής ήταν πολύ τρυφερή. Έστρεψε το βλέμμα του πάνω στο στήθος του, στο σημείο που ένιωθε την πίεση. Διέκρινε το δικό του δεξί χέρι να είναι κολλημένο πάνω στο στήθος του και να το κρατάνε σταθερά δύο λεπτά χέρια που έβγαιναν κάτω από τις μασχάλες του. Ξεφύσησε δυνατά νιώθοντας ανακουφισμένος, πρώτη φορά μετά από πολλή ώρα.

Η κοπέλα που τον έσερνε σταμάτησε με το που άκουσε το ξεφύσημα. Τον απώθησε μαλακά κάτω και έσκυψε από πάνω του, για να δει καλύτερα το πρόσωπο του. «Στεφάν είσαι ζωντανός. Δόξα τω Θεώ».

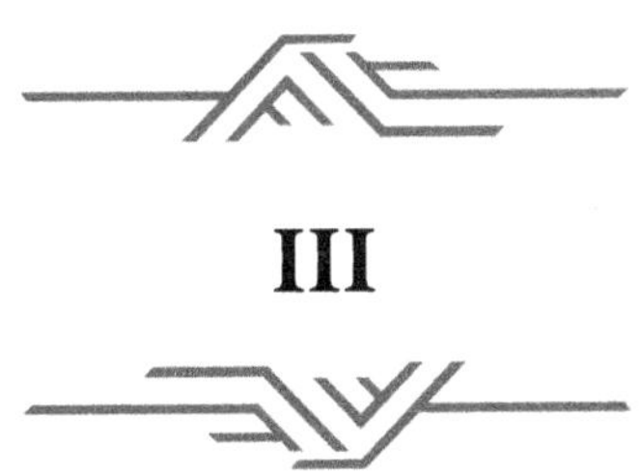

III

Η Έλενα αιωρούνταν μέσα σε έναν κατάλευκο αποστειρωμένο διάδρομο. Οι παλάμες τις κρατούσαν σφιχτά δύο μικρά χερούλια ειδικά σχεδιασμένα και τοποθετημένα, ένα σε κάθε πλευρά των τοιχωμάτων του διαδρόμου. Έσφιξε τους μύες των χεριών της και τραβώντας τα χέρια της πίσω έδωσε ώθηση στο σώμα της για να κινηθεί μπροστά στον διάδρομο σαν να ήταν γεμάτος νερό. Πλησιάζοντας στην πόρτα, που βρισκόταν στο τέλος του διαδρόμου, η Έλενα μάζεψε τα πόδια στο στομάχι της και έσκυψε μπροστά αναποδογυρίζοντας το σώμα της σαν κολυμβητής που έχει φτάσει στην άκρη της πισίνας. Όλο αυτό το ακροβατικό γινόταν ώστε να μην πέσει με τα μούτρα πάνω στην πόρτα αλλά με τις πατούσες της, μιας και ο αέρας δεν έχει καθόλου τριβή για να ελαττώσει την ταχύτητά της.

Σταμάτησε μπροστά στην πόρτα και τέντωσε το χέρι της πιάνοντας την μικρή βαλβίδα που προεξείχε πάνω στην πόρτα. Με μια γρήγορη κίνηση την τράβηξε πίσω και μετά πάνω, ανοίγοντας την πόρτα. Μέσα βρισκόταν ήδη ο Δρ. Μπέντζαμιν Ράκετ, αρχηγός της αποστολής του ΑΧΙΛΛΕΑ. Ήταν σκυμμένος πάνω από μια μεγάλη οθόνη και κοιτούσε με προσοχή μια λεπτομερή κάτοψη του χώρου των κινητήρων.

«Συμβαίνει κάτι Μπεν;», τον ρώτησε η Έλενα, χωρίς η φωνή της να παρουσιάζει την παραμικρή ταραχή.

«Ναι, πάντα κάτι συμβαίνει... δεν σε φώναξα γι' αυτό όμως...», πάτησε ένα κόκκινο κουμπί που βρισκόταν στην άκρη της οθόνης ανοίγοντας την ενδοεπικοινωνία.

«Λοιπόν Αριέλ, ειδοποίησα τον Χαν και έρχεται να σε βοηθήσει. Θα βρίσκεται εκεί σε περίπου 10 λεπτά. Είμαστε εντάξει;».

«Ναι, μια χαρά» ακούστηκε η βραχνή φωνή της κοπέλας από την άλλη πλευρά της ενδοεπικοινωνίας, «μόνο πες στον Χαν να φέρει και τίποτα φαγώσιμο. Έχω πεθάνει της πείνας εδώ πέρα».

«Κανένα ποτό μήπως;», ρώτησε ειρωνικά ο Δρ. Ράκετ.

«Ναι, αλλά όχι πολύ βαρύ. Ένα κοκτέιλ μανταρινιού με βότκα αντί για ουίσκι όμως, θα ήταν τέλειο».

«Το αλκοόλ περιορίζει την συγκέντρωση μηχανικέ», απάντησε ο Μπεν.

«Ότι πεις, αρχηγέ»,

«Α, και Αριέλ, κάντε γρήγορα».

Ο Μπεν, έκλεισε την ενδοεπικοινωνία και γύρισε προς το μέρος της Έλενας, η οποία διάβαζε τις επικεφαλίδες ειδήσεων που εναλλάσσονταν με σταθερό ρυθμό σε ένα τρισδιάστατο ολόγραμμα.

«Τι συμβαίνει εκεί κάτω, Μπεν;», τον ρώτησε.

«Λάβαμε κάτι περίεργες ενδείξεις από τον χώρο των μηχανών. Λογικά θα χάλασε κάποιος αισθητήρας ή κάτι τέτοιο. Δεν είναι τίποτα σημαντικό. Η Αριέλ και ο Χαν θα το διορθώσουν γρήγορα».

Η κοπέλα πήρε μια βαθιά ανάσα και πρόσθεσε, «Πες την αλήθεια Μπεν, γιατί με φώναξες εδώ πάνω;».

Στο πρόσωπο του Μπεν εμφανίστηκε μια γκριμάτσα δυσαρέσκειας, «Λοιπόν...Έλενα...διάβασες το ενημερωμένο πρόγραμμα αποστολών της ΝΑΣΑ;».

Ο ΑΧΙΛΛΕΑΣ ΕΠΕΣΕ

«Φυσικά, δεν έγραφε και τίποτα καινούριο. Επιβεβαίωσε αυτό που ήδη ξέραμε πως η αποστολή μας θα διαρκέσει για δύο χρόνια...».

«Ναι, ακριβώς», την διέκοψε ο Μπεν, «Και μετά τι; Δεν ανέφερε πουθενά για οποιοδήποτε ενδεχόμενο ανανέωσης της αποστολής μας».

«Τα ευκόλως εννοούμενα παραλείπονται Μπεν, φυσικά και θα ανανεωθεί η αποστολή. Έτσι γίνεται πάντα».

Ο Μπεν την πλησίασε και χαμήλωσε την φωνή του, «Δεν πρόκειται να ανανεώσουν την αποστολή, Έλενα. Θα την καταργήσουν και θα κρατήσουν μόνο το σκάφος. Εμάς θα μας διώξουν αφού κάνουμε την δύσκολη δουλειά, δεν θα μας χρειάζονται άλλο. Εσύ, για παράδειγμα, ως αστροφυσικός μπορεί να μετατεθείς στα τηλεσκόπια της ΝΑΣΑ στην εξωτική...Νεβάδα. Εμένα μου ετοιμάζουν εδώ και χρόνια μια θέση-ψυγείο στα κεντρικά από την οποία θα αναγκαστώ να παραιτηθώ και να βρω δουλειά στον ιδιωτικό τομέα, πιθανόν σε κάποια θυγατρική της Τέσλα-Χ. Θα διαλύσουν την ομάδα και θα μας βάλουν όλους στην κατάψυξη...».

Η Έλενα, κούνησε αρνητικά το κεφάλι της και απομακρύνθηκε από δίπλα του, «Έλεος Μπεν, ακούγεσαι σαν παρανοϊκός. Κανείς δεν σε επιβουλεύεται. Γιατί, νομίζεις πως σε όρισαν επικεφαλή της πιο φιλόδοξης αποστολής στην ιστορία της υπηρεσίας;».

«Δεν το καταλαβαίνεις; Θέλουν να κάνω...να κάνουμε όλη την χαμαλοδουλειά. Να στήσουμε το δίκτυο αποστολών, να κάνουμε τις μετρήσεις και τα τεστ που υποδεικνύουν τα πρωτόκολλά ασφαλείας και τότε...όταν όλα θα είναι έτοιμα, θα στείλουν τους δικούς τους να επωφεληθούν από όλα όσα έχουμε χτίσει εμείς».

«Για ποιους μιλάς; Για τον Σωτηριάδη;», τον ρώτησε και εκείνος κούνησε καταφατικά το κεφάλι του.

«Είναι κοινό μυστικό πως ο Έλληνας έχει βάλει στο μάτι μια έδρα στην Γερουσία και πιστεύει πως ο Αχιλλέας είναι το χαρτί του για να την κερδίσει. Τι πιο λογικό λοιπόν, να θέλει να βάλει έναν δικό του, δηλαδή τον Μπάσκερ, στην αρχηγία της αποστολής. Έτσι ώστε να μπορεί να ελέγχει την ροή των πληροφοριών και να τα παρουσιάζει όλα προς όφελος του».

«Ναι, όμως εξυπνάκια, δεν έβαλε τον Μπάσκερ, αλλά εσένα», του απάντησε θυμωμένα η Έλενα.

Στο πρόσωπο του Μπεν εμφανίστηκε μια έκφραση αποδοκιμασίας, «Δεν είναι ηλίθιος. Αν έβαζε κατευθείαν όλους τους λακέδες του στο πρώτο πλήρωμα θα ξεσηκώνονταν και οι πέτρες. Για αυτό αρχικά έπαιξε τίμια, όμως θα τους βάλει όλους με το πρόσχημα της ανανέωσης του πληρώματος. Κατάλαβες τώρα;».

Η Έλενα τον κοίταξε με δυσπιστία, δεν την έπειθε, όχι μόνο για την συνομωσία εναντίον τους που δήθεν ετοίμαζε ο Σωτηριάδης, αλλά και γενικότερα. Ο Μπεν, ήταν άνθρωπος υπέρμετρα φιλόδοξος ώστε αποτύγχανε να εμπνεύσει πραγματικά το πλήρωμα του και πολύ εγωμανής για να δημιουργήσει θαυμασμό ή συμπάθεια γύρω από το πρόσωπο του. Η Έλενα, δεν του κρατούσε κακία, άλλωστε η ΝΑΣΑ ήταν γεμάτοι από παρόμοιους χαρακτήρες. Λαμπρούς επιστήμονες, που τους θαύμαζες όταν διάβαζες για αυτούς στα επιστημονικά περιοδικά, αλλά που δεν μπορούσες να αντέξεις ούτε δέκα λεπτά στο ίδιο δωμάτιο μαζί τους. Ένας από αυτούς ήταν και ο πατέρας της. Ο ιδιοφυής υποδιευθυντής Μάικλ Όνλιμι. Ένας από τους ανθρώπους που εξαντλούν το σύνολο της ζωής και των δυνάμεων τους στην προσπάθεια να ικανοποιήσουν μονάχα τον εαυτό τους και θεωρούν τους εαυτούς τους και πάρα πολύ έξυπνους που το κάνουν. Έτσι όπως και μια φωτιά που καίει για τον εαυτό της και μόνο, στο τέλος δεν ζεσταίνει κανέναν.

«Μπεν, δεν έχω όρεξη να ασχολούμαι με χαζές θεωρίες και τα ψυχικά σύνδρομα που κουβαλάει ο καθένας εδώ μέσα. Πες μου αυτό για το οποίο με κάλεσες εδώ πάνω ή αλλιώς άσε με να γυρίσω στο πρόγραμμα μου», είπε η Έλενα, με μια φωνή που φανέρωνε πραγματική αδιαφορία.

Για μια στιγμή, ο Μπεν δεν μπόρεσε να κρύψει το ξάφνιασμά του ακούγοντας τα λόγια της, αλλά γρήγορα επανάκτησε τον κυνισμό του και πρόσθεσε «Σε φώναξα να μιλήσουμε γιατί πιστεύω ότι μπορούμε να τους νικήσουμε στο παιχνίδι τους. Θα τους χτυπήσουμε από εκεί που δεν την περιμένουν».

Η κοπέλα τον κοίταξε ερωτηματικά, η κουβέντα μόλις είχε αρχίσει να της κινεί την περιέργεια. «Δηλαδή, τι έχεις κατά νου;».

«Μπορούμε να σχηματίσουμε μια δική μας συμμαχία εκεί κάτω. Μια ομάδα που θα έχει συμφέρον να παραμείνουμε εμείς εδώ πάνω, όπως ακριβώς ο Σωτηριάδης έχει συμφέρον να θέλει εδώ πάνω άτομα σαν τον Μπάσκερ...».

Ένας τσιριχτός ήχος διέκοψε τον Μπεν και στην οθόνη που βρισκόταν πίσω του, εμφανίστηκε ένας κίτρινος κύκλος με το όνομα Αριέλ στο κέντρο. Ο Μπεν γύρισε προς το μέρος της οθόνης εκστομίζοντας μια βρισιά και πάτησε με βία τον κίτρινο κύκλο στην οθόνη. «Τι πρόβλημα υπάρχει πάλι Αριέλ;», φώναξε γεμάτος θυμό. Αντί για απάντηση ένα απελπισμένο ουρλιαχτό ξεπήδησε από τα ηχεία του δωματίου.

Την αμέσως επόμενη στιγμή, στην οθόνη εμφανίστηκε ένα πελώριο μήνυμα, που έγραφε: ΠΡΟΣΟΧΗ!! ΦΩΤΙΑ ΣΤΟ ΜΗΧΟΝΑΣΤΑΣΙΟ!! ΠΡΟΣΟΧΗ!!

Ο Μπεν και η Έλενα δεν άκουσαν την έκρηξη που ακολούθησε, άκουγαν μόνο το απεγνωσμένο ουρλιαχτό μιας γυναίκας που καιγόταν ζωντανή. Τη συμπέραναν όμως όταν το ουρλιαχτό σταμάτησε. Έμειναν έτσι στις θέσεις τους, ακινητοποιημένοι σαν αγάλματα, μέχρι που το διαστημόπλοιο άρχισε να πέφτει με κατεύθυνση την επιφάνεια του πελώριου φεγγαριού.

Τα σώματα τους τραβήχτηκαν προς τα πίσω σαν μαριονέτες όταν τραβήξεις τα σχοινιά τους. Πέφτοντας κάτω, η Έλενα άρπαξε την βάση του κεντρικού τραπεζιού και κουλουριάστηκε πάνω της. Ενώ ο Μπεν έπεσε πάνω του με βία και μετά πετάχτηκε πέρα πάνω στον τοίχο του δωματίου. Είχε ξαφνιαστεί τόσο πολύ που δεν μπορούσε ούτε καν να αντιδράσει. Το σώμα του κτύπησε αριστερά πάνω και μετά έπεσε με δύναμη σε μια τεράστιά οθόνη ενώ στην συνέχεια κατρακύλησε στο πάτωμα δίπλα στην Έλενα. Εκείνη ενστικτωδώς άπλωσε τα χέρια της και τον τράβηξε κοντά της. Σφίχτηκε με δύναμη πάνω στην βάση του τραπεζιού, κρατώντας τον πάντα σφιχτά από τον λαιμό της μπλούζας του, και προετοιμάστηκε για την μεγάλη πρόσκρουση.

Ο λαβωμένος Αχιλλέας αφού στριφογύρισε μερικές φορές το μεταλλικό κορμί του πάνω από τον Γανυμήδη τελικά έπεσε με τρομερή δύναμη πάνω στην πέτρινη επιφάνεια του. Σύρθηκε με βία πάνω της ώσπου τελικά σταμάτησε, έχοντας πρώτα χαράξει μια άσχημη ρυτίδα στο γκριζωπό έδαφος.

Πέρασαν μερικά λεπτά μέχρι η Έλενα και ο Μπεν να συνέλθουν από το σοκ της πρόσκρουσης και να βγουν κάτω από το τραπέζι. Η πρώτη σκέψη της Έλενας ήταν το δωμάτιο εκτάκτου ανάγκης. Ένας ειδικά κατασκευασμένος χώρος, όπου οι κοσμοναύτες θα μπορούσαν να καταφύγουν σε περίπτωση που κάτι δεν πήγαινε καλά. Κοίταξε την οθόνη που περιείχε το ηλεκτρονικό διάγραμμα του σκάφους και έψαξε για την πιο ασφαλή δίοδο προς το δωμάτιο εκτάκτου ανάγκης.

Για τα περισσότερα διαζώματα, το σύστημα δεν παρουσίαζε στοιχεία, καθώς μάλλον θα είχαν καταστραφεί οι αισθητήρες που βρίσκονταν σε αυτά, κατά την πρόσκρουση του σκάφους. Αυτό βέβαια δεν επηρέαζε καθόλου τους λιγοστούς χώρους που είχαν μείνει ανεπηρέαστοι καθώς κάθε δωμάτιο λειτουργούσε αυτόνομα και ανεξάρτητα από όλα τα άλλα. Έτσι σε περίπτωση βλάβης σε κάποιο χώρο, όλοι οι υπόλοιποι χώροι συνέχιζαν να λειτουργούν κανονικά. Ο πατέρας της το ονόμαζε αυτό «Σύστημα : Ευρωπαϊκή Ένωση», κάτι που τελικά οδήγησε στα ξακουστά πολιτικά ντιμπέιτ «της καφετέριας», όπως ονομάστηκαν λόγω του χώρου διεξαγωγής τους, με τον διευθυντή Σωτηριάδη, σχετικά με το ποιο σύστημα ήταν καλύτερο αυτό της Ευρωπαϊκής Ένωσης ή αυτό των Ηνωμένων Πολιτειών. Μετά από τους πρώτους δύο γύρους, το θέμα της συζήτησης άλλαξε στο πιο σύστημα ήταν το χειρότερο από τα δύο, χωρίς όμως να μειωθεί καθόλου το πάθος των δύο συνομιλητών.

Η Έλενα στράφηκε προς τον Μπεν, «Βρήκα την ασφαλέστερη δίοδο για το δωμάτιο εκτάκτου ανάγκης. Θα κατέβουμε κάτω στην τραπεζαρία, θα περάσουμε μέσα από τους Κοιτώνες Α, θα βγούμε στον διάδρομο και θα τον ανέβουμε μέχρι την αποθήκη. Από εκεί όμως δεν θα μπορέσουμε να περάσουμε στους Κοιτώνες Β, ο υπολογιστής δείχνει να έχει ξεσπάσει φωτιά και έχει σφραγίσει τον χώρο. Θα πρέπει να κατέβουμε στο κάτω διάζωμα από την σκάλα που βρίσκεται δεξιά από την αποθήκη, και μετά θα ξανανέβουμε από την σκάλα που βρίσκεται μετά το εργαστήριο, έτσι ώστε να προσπεράσουμε τον σφραγισμένο χώρο. Μπεν, άκουσες έστω και κάτι από όσα είπα;».

Ο Μπεν την κοίταξε απορημένος, πράγματι δεν είχε ακούσει τίποτα. Η σκέψη του έτρεχε αλλού, σκεφτόταν για την αποστολή. Αισθανόταν το βάρος της αποτυχίας να καταπλακώνει την ίδια του την ψυχή. Ξεφύσησε άψυχα, χωρίς να δίνει σημασία στις φωνές της Έλενας. Τόσο καιρό το μόνο που τον απασχολούσε ήταν το μέλλον της αποστολής και το πως θα κατάφερνε να ξεφύγει από τις δολοπλοκίες που ήταν πεπεισμένος πως είχαν εξυφάνει εναντίον του. Τώρα όμως που όλα αυτά είχαν διαλυθεί από την αναπάντεχη πτώση του Αχιλλέα, ο Μπεν αισθανόταν χαμένος, κενός νοήματος, άδειος.

«Προχώρα εσύ και εγώ θα σε ακολουθήσω», τις είπε στο τέλος. Ο τόνος στην φωνή του παραδεχόταν την αδιαφορία για το προορισμό τους με μια σχεδόν ξεδιάντροπη ειλικρίνεια. Δεν αδιαφορούσε απλώς, είχε ολοκληρωτικά παραδοθεί άνευ όρων.

Η Έλενα τον κοίταξε απογοητευμένη και ύστερα άνοιξε την είσοδο και άρχισε να κατεβαίνει σιωπηλή προς την τραπεζαρία. Έβλεπε πως ο Μπεν ήταν πρακτικά ανίκανος να βοηθήσει, επομένως έπρεπε να βασιστεί μονάχα στον εαυτό της. «Τώρα είμαστε μόνοι μας Έλενα,» είπε στον εαυτό της, «εσύ και εγώ ενάντια στον κόσμο». Παραδόξως, αυτά τα λόγια δεν την εμψύχωσαν καθόλου.

Η Τραπεζαρία είχε μετατραπεί σε ένα πραγματικό χάος. Δίσκοι φαγητού σπασμένοι σε κομμάτια, στερεά και υγρή τροφή σκορπισμένη στο πάτωμα. Σε μια γωνιά του δωματίου, η Έλενα είδε κάτι που τις τράβηξε την προσοχή. Αρχικά, νόμισε πως ήταν κάποιο εξάρτημα ενός διαλυμένου από την σύγκρουση αυτόματου πωλητή. Φτάνοντας πιο κοντά, αυτό που έμοιαζε με εξάρτημα άρχισε να φαίνεται καλύτερα, όμως δεν ήταν εξάρτημα, αλλά το πόδι ενός άλλου αστροναύτη που είχε αποκοπεί βίαια κατά την σύγκρουση του άτυχου άντρα με το ογκώδες μηχάνημα.

Στο θέαμα του κομμένου ποδιού, η Έλενα σάστισε. Μέχρι τώρα είχε καταφέρει να διατηρήσει την ψυχραιμία της με το να βάζει μικρούς στόχους και να επικεντρώνεται στο να τους πετυχαίνει και μόνο σε αυτό. Όλα τα άλλα έμπαιναν στο περιθώριο, σαν να μην υπήρχαν. Το είχε μάθει σε ένα σεμινάριο αυτοβοήθειας όταν ήταν δεκαέξι. Την χρονιά που χώρισαν οι γονείς της. Την χρονιά που άρχισαν οι κρίσεις πανικού, και δεν είχε κανέναν δίπλα της για να στηριχτεί.

Όμως, η θέα του θανάτου την χτύπησε σαν ένα μεγάλο σφυρί και την επανάφερε στο τώρα. Άρχισε να πανικοβάλλεται, γύρισε νευρικά προς την αντίθετη πλευρά αντικρίζοντας τον Μπεν. Το βλέμμα του ήταν ακόμα θολό και τίποτα δεν έδειχνε πως είχε συνέλθει από το σοκ. Αλλά η παρουσία ενός ακόμα ανθρώπου την καθησύχασε κάπως.

«Μπεν, ακολούθησε με, δεν πρόκειται να σε περιμένω όλη μέρα...κατάλαβες; Πρέπει να φύγουμε όσο το δυνατό γρηγορότερα από εδώ. Μην ξανά μείνεις πίσω...σε παρακαλώ», του είπε και κινήθηκε προς την μικρή καταπακτή που οδηγούσε στην σκάλα.

Προσπαθούσε να μην κοιτάζει γύρω, γιατί τα πάντα την τρόμαζαν, της θύμιζαν ότι ο θάνατος ήταν κοντά.

Ο Μπεν κινήθηκε προς την αντίθετη κατεύθυνση απ' αυτή που είχε πάρει η κοπέλα. Είχε χάσει κάθε επαφή με το περιβάλλον και απλώς περιπλανιόταν άσκοπα μέσα στην διαλυμένη τραπεζαρία. Προσπέρασε το ακρωτηριασμένο πτώμα χωρίς να του δώσει σημασία, άλλωστε και ο ίδιος δεν ήταν πια παρά ένα όρθιο πτώμα. Σχεδόν.

Κατά λάθος το πόδι του έπεσε πάνω σε μια μικρή στοίβα από σκουπίδια, και τα σκόρπισε κάνοντας αρκετό θόρυβο. Αυτά αντήχησαν μέσα στο δωμάτιο σαν κέρματα που έπεφταν σε άδειο δοχείο.

«Είναι κανείς εκεί; Ω, Θεέ μου...είναι κανείς εκεί; Βοήθεια σας παρακαλώ! Μην φύγετε. Ελάτε είμαι εδώ πίσω στον θάλαμο...είμαι πληγωμένη...το πόδι μου...ωχ...δεν μπορώ ούτε να το κοιτάξω. Με ακούτε; Σας παρακαλώ, μην φύγετε».

Στο άκουσμα της κραυγής ο Μπεν αισθάνθηκε ένα ρίγος να τον διαπερνά. Η φωνή της γυναίκας έβγαινε φοβισμένη και απελπισμένη αλλά έκλεινε κάθε πρόταση με μια γλυκιά χροιά ελπίδας. Αυτό το κάλεσμα κατάφερε να τον ξυπνήσει και να τον επαναφέρει στην πραγματικότητα. Έτρεξε γρήγορα και άνοιξε την πόρτα που έβγαζε στον πίσω θάλαμο.

Εκεί μέσα βρισκόταν μια γυναίκα, στα σαράντα της χρόνια, πεσμένη στο πάτωμα, με ένα μεγάλο μεταλλικό κύλινδρο να προεξέχει μέσα από την γάμπα της. Δεν άργησε να τη θυμηθεί, την έλεγαν Ρέιτσελ, ήταν παντρεμένη και μητέρα τριών παιδιών. Ο Μπεν έτρεξε γρήγορα κοντά της και έσκυψε για να κοιτάξει το τραυματισμένο πόδι της.

«Προσπαθούσα να φύγω από την Τραπεζαρία, όταν έγινε η έκρηξη. Έπεσα κάτω και κουλουριάστηκα. Αυτό το...κομμάτι μέταλλο, με κάρφωσε κατά την σύγκρουση. Δεν ξέρω πως έγινε...δεν το θυμάμαι....ήμουν λιπόθυμη και...», άρχισε να του λέει αγκομαχώντας. «Ηρέμησε τώρα», την έκοψε, «μην ανησυχείς για τίποτα. Είμαι εγώ εδώ τώρα. Θα σκεφτώ κάτι, και θα βγάλουμε αυτό το πράγμα από το πόδι σου».

Μουρμούρισε κάτι για πρώτες βοήθειες και έφυγε γρήγορα με κατεύθυνση την τραπεζαρία. Μέσα του είχε φουντώσει ένα πρωτόγνωρο συναίσθημα. Ήθελε να βοηθήσει, να προσφέρει σε κάποιον άλλο. Ποτέ ξανά δεν είχε αισθανθεί έτσι. Αισθανόταν να καίγεται. Επαναλάμβανε ασταμάτητα σα τρελός, «πρέπει να ζήσει. Έχει παιδιά, έχει σύζυγο. Θα στεναχωρηθούν πολύ. Πρέπει να ζήσει».

Γρήγορα επέστρεψε με ένα μικρό κουτί πρώτων βοηθειών. Το άνοιξε και έβγαλε από μέσα ένα αντισηπτικό υγρό και μερικές γάζες. «Θα χρησιμοποιήσω το αντισηπτικό για να αποστειρώσω την πληγή. Έτσι θα γλυτώσεις την μόλυνση...με ακούς Ρέιτσελ; Ωραία...ωραία. Μετά θα βγάλουμε το σίδερο από το πόδι σου. Κοίταξε με καλή μου. Με το που το τραβήξω θα βάλεις τα χέρια σου πάνω στην πληγή για να σταματήσεις την αιμορραγία μέχρι να βάλω τις γάζες. Κατάλαβες; Τέλεια...τέλεια. Βάλε λίγο αντισηπτικό στα χέρια σου. Πρόκειται να πονέσεις πολύ. Ελπίζω να μην μου λιποθυμήσεις, έτσι;».

Ένα χαμόγελο εμφανίστηκε στο πονεμένα της πρόσωπο. «Μπεν, έχω κάνει τρεις γέννες με φυσικό τρόπο. Νομίζω πως θα τον αντέξω τον πόνο». Ύστερα, έγειρε το σώμα της πίσω και τοποθέτησε τα χέρια της σφιχτά δίπλα στο σώμα της. «Είσαι έτοιμη;», την ρώτησε ο Μπεν. «Όχι ακόμα», ψιθύρισε φοβισμένα. Έκλεισε τα μάτια της και ανοιγόκλεισε τα χείλη της σε μια σιωπηλή προσευχή. Με το που την ολοκλήρωσε έκανε νόημα στον Μπεν να τραβήξει το σίδερο.

Ο Μπεν πάτησε με το γόνατο του πάνω στο πόδι της Ρέιτσελ και οι παλάμες του τυλίχθηκαν γύρω από τον μεταλλικό κύλινδρο. Το πρόσωπο της γυναίκας συσπάστικε από τον πόνο. Τα έντρομα μάτια της είδαν τον κύλινδρο να βγαίνει μέσα από το πόδι της και ένιωσε τον πόνο να μαστιγώνει άγρια το σώμα της. Το βλέμμα της θόλωσε από τα δάκρυα και ο πόνος κυρίευσε την ύπαρξη της εξοβελίζοντας κάθε άλλη αίσθηση. Σχεδόν αντανακλαστικά και ουρλιάζοντας από τον πόνο άπλωσε τα χέρια της και κάλυψε την πληγή από την οποία είχε αρχίσει να πετάγεται καυτό αίμα.

Ο Μπεν, άρπαξε γρήγορα τις γάζες και με το που η Ρέιτσελ απομάκρυνε τα χέρια της, άρχισε να τις τυλίγει σφιχτά γύρω από την πληγή. Ύστερα έγειρε πίσω αφήνοντας την να ηρεμήσει. Έκλεισε τα μάτια του και έγειρε το κεφάλι του μπροστά, για να μην βλέπει την συνάδελφο του να ουρλιάζει από τον πόνο.

Δεν κατάλαβε πόση ώρα πέρασε, αλλά σίγουρα δεν ήταν λίγη. Το μυαλό του είχε αρχίσει πάλι να χάνεται μέσα σε δαιδαλώδεις σκέψεις, όταν η φωνή της τον επανάφερε στην πραγματικότητα. «Ευχαριστώ πολύ, Μπεν. Σου χρωστάω την ζωή μου».

«Έλα, πρέπει να φύγουμε. Πρέπει να πάμε στο δωμάτιο εκτάκτου ανάγκης. Λογικά η Έλενα θα έχει φτάσει ήδη εκεί και θα μας περιμένει». Έσκυψε και πέρασε το χέρι του κάτω από την μασχάλη της, βοηθώντας την να σηκωθεί.

Ξαφνικά μια ανατίναξη ταρακούνησε το σκάφος και τους πέταξε απότομα κάτω. Σχεδόν αμέσως έλαβε χώρα μια δεύτερη ανατίναξη στον χώρο της τραπεζαρίας. Φλόγες εμφανίστηκαν στον διαλυμένο χώρο και άρχισαν γρήγορα να καταπίνουν τα πάντα στο πέρασμα τους, μετατρέποντας τα σε προσάναμμα.

Ο Μπεν άκουσε πρώτα τις σπαραχτικές στριγγλιές της Ρέιτσελ, που είχε πέσει με όλο το βάρος της πάνω στο τραυματισμένο της πόδι. Ύστερα, ένιωσε στο πίσω μέρος του κεφαλιού του την κάψα της φωτιάς που είχε κυριεύσει το μεγαλύτερο μέρος του διπλανού δωματίου. Γύρισε ενστικτωδώς το πρόσωπο του προς την πλευρά της φωτιάς και ένιωσε την πύρα να του τυλίγει το πρόσωπο και να του καίει τα μάτια, τα οποία έκλεισε αμέσως. Ένιωσε τόσο αδύναμος και ανήμπορος μπροστά στην δύναμη της φωτιάς που δάκρυσε, μα τα δάκρυα του εξατμίστηκαν πριν καν εγκαταλείψουν τους δακρυϊκούς πόρους. Όλη του η δύναμη, η ευφυΐα του, μέχρι και η ζωντάνια που είχε κυριεύσει το σώμα του ανέλπιστα πριν λίγες στιγμές, έμοιαζαν να εξατμίζονται μαζί με τα δάκρυα του. Ένιωσε πολύ άσχημα, όχι τόσο για αυτόν τον ίδιο, αλλά για την Ρέιτσελ. Σκέφτηκε το κλάμα των παιδιών της, που θα αναγκάζονταν να διακόψουν βίαια την παιδική τους ηλικία. Σκέφτηκε τον πόνο του συζύγου της και την στεναχώρια των γονιών της. Θυμήθηκε την κηδεία της μητέρας του και τον πατέρα του που ποτέ δεν συνήλθε από τον χαμό της. Αισθάνθηκε όπως τότε, μικρός και ανήμπορος. Ξανά.

Μέσα στον θόρυβο που έκανε η φωτιά καθώς έκαιγε ότι έβρισκε στο διάβα της, ο Μπεν άκουσε ένα μουρμουρητό, κάτι σαν κλαψούρισμα από την μεριά της Ρέιτσελ. «Θεέ μου σώσε μας...το ξέρω πως μπορείς. Θεέ μου...σώσε μας».

«Ναι», σκέφτηκε ο Μπεν. Ποτέ του δεν πίστεψε, αλλά τώρα ένιωθε τόσο έντονα την θέληση να πιστέψει. Όχι, γιατί περίμενε πως από λεπτό σε λεπτό θα πεθάνει, αλλά αντίθετα γιατί ήθελε με όλη του την καρδιά να ζήσει...η Ρέιτσελ.

«Ας σωθεί αυτή και εγώ θα είμαι ευχαριστημένος», ψέλλισε, «αν όντως υπάρχεις, όπως εκείνη τόσο θερμά πιστεύει, είναι άραγε δυνατόν να με αφήσεις τώρα που θέλω τόσο πολύ να την βοηθήσω; Θα έρθεις να συμπληρώσεις την δύναμη που μου λείπει; Θα το 'θέλα πολύ, όσο τίποτα...».

Ο Μπεν σήκωσε το χέρι του και πρόταξε τον αγκώνα του μπροστά από τα μάτια του. Αισθανόταν μια φωτιά να καίει μέσα του, μια δύναμη να ξυπνάει. Πλέον ήξερε τι έπρεπε να κάνει και είχε τα ψυχικά αποθέματα για να το κάνει. Κινήθηκε γρήγορα μπροστά και έπιασε από μια μυτερή εξοχή την πόρτα που χώριζε τον διάδρομο με το φλεγόμενο χώρο και την τράβηξε κλείνοντας την με δύναμη. Η φωτιά που είχε καταναλώσει το μεγαλύτερο μέρος του οξυγόνου στο φλεγόμενο δωμάτιο, έκανε μια ξαφνική βουτιά μέσα στον διάδρομο, καθώς έκλεινε η πόρτα, χωρίς όμως να καταφέρει τίποτα.

«Τρέχα, μην κάθεσαι...πέρνα την πόρτα», ούρλιαξε ο Μπεν προς το μέρος της Ρέιτσελ. Εκείνη, γύρισε προς την άλλη πλευρά του διαδρόμου και μην μπορώντας να σηκωθεί όρθια, άρχισε να σέρνεται χρησιμοποιώντας τα χέρια της. Σε κάθε μετακίνηση του κορμιού της προς τα μπροστά ένιωθε ένα τέτοιο πόνο στην πληγή λες και το πόδι της κοβόταν σε αυτό το σημείο. Ήταν σαν να σκαρφάλωνε πάνω στο πλαστικό δάπεδο. Οι παλάμες της κολλούσαν στο πάτωμα και ύστερα τράβαγε το κορμί της πιέζοντας τες με βία πάνω στο δάπεδο. Η κούραση που ασκούσε στο ήδη καταπονημένο σώμα της γρήγορα την εξάντλησε. Τότε άκουσε πίσω της μια τρομερή κραυγή να ξεπηδάει από τα λαρύγγια του συναδέλφου της.

«Λίγο ακόμα...σε παρακαλώ...λίγο ακόμα... πλησιάζει... πλησιάζει. Δεν μπορώ...άλλο...λίγο ακόμα...», ούρλιαζε ο Μπεν. Τα νύχια του είχαν σχεδόν λιώσει πάνω στα δάχτυλα του και μπορούσε να μυρίσει την απαίσιά οσμή καμένου δέρματος. Όμως, κατά έναν παράδοξο τρόπο, μέσα του ένιωθε καλά. Σαν κάποιο αόρατο φιλικό χέρι να του ακουμπούσε στοργικά τον ώμο και να του έλεγε πως τα πάει καλά. Όπως τότε που ήταν μικρός και ο πατέρας του ανακάτευε στοργικά τα μαλλιά, επαινώντας τον, επειδή είχε μόλις λύσει ένα πολύ δύσκολο πρόβλημα στα μαθηματικά. Υπήρχε και εκεί, αυτή η αίσθηση υπήρχε και εκεί. Το ίδιο ακριβώς συναίσθημα.

Κάτι μέσα στην Ρέιτσελ, ακούγοντας την κραυγή του Μπεν αναθάρρησε. Τα χέρια της βρήκαν την δύναμη να καλύψουν τα τελευταία μέτρα μέχρι την πόρτα. Την πέρασε και γύρισε να κοιτάξει τον Μπεν.

«Κλείσε την», φώναξε εκείνος και αυτή υπάκουσε γρήγορα. Το τελευταίο πράγμα που είδε ο Μπεν ήταν την μορφή της να χάνεται πίσω από την πόρτα του διαδρόμου. Ύστερα οι δυνάμεις του τον εγκατέλειψαν, το σώμα του έγειρε πίσω, η πόρτα άνοιξε και η φωτιά χύμηξε μέσα. Όμως η πόρτα στην άλλη άκρη του διαδρόμου ήταν κλειστή, οπότε η φωτιά, αφού δεν βρήκε αρκετό οξυγόνο, έσβησε γρήγορα.

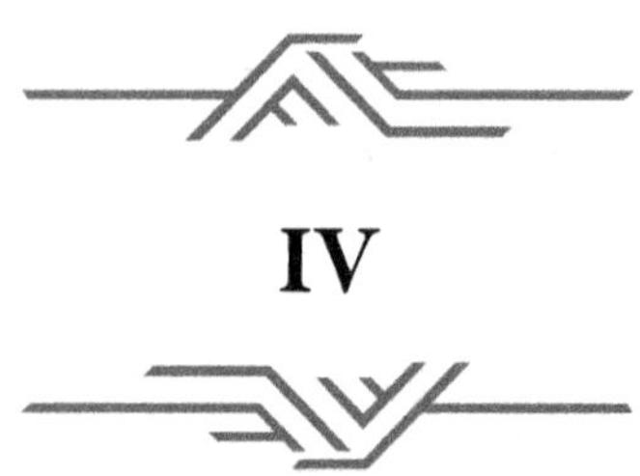

IV

Η Έλενα περπάταγε βιαστικά και χωρίς να κοιτάζει γύρω της, προσπαθώντας να αποκλείσει κάθε δυνατή σκέψη να εισχωρήσει μέσα στο μυαλό της. Το μόνο που είχε αφήσει να κυριαρχεί στο συνειδητό της ήταν η σκέψη πως έπρεπε να φτάσει στο δωμάτιο εκτάκτου ανάγκης.

«Πρέπει να συντηρείς τα ψυχικά τείχη που χτίζεις γύρω από το πνευματικό σου παλάτι. Αν δεν τα συντηρήσεις τότε το μυαλό σου θα είναι διάτρητο και κάθε άσχετη σκέψη θα μπορεί να περάσει και να μολύνει την συγκέντρωσή σου. Να θυμάστε, λοιπόν, πως όταν θέλετε να, απομονωθείτε μέσα σας, να απομακρύνετε όλους τους αντιπερισπασμούς, να προσηλωθείτε στον ένα και μόνο στόχο που θέλετε να πετύχετε, μια είναι η μαγική λέξη. Το αρχαίο ντάρμα: Εγώ».

Αυτά τα λόγια ανήκαν στην Σέκρετ Λάντιμα, την Ινδοβρετανή συγγραφέα αυτοβοήθειας που είχε πουλήσει εκατομμύρια αντίτυπα σε όλον τον κόσμο την οποία η Έλενα είχε παρακολουθήσει πριν από τέσσερα χρόνια σε ένα κατάμεστο αμφιθέατρο της ΝΑΣΑ. Η Έλενα είχε παρακολουθήσει το σεμινάριο της μετά από παρότρυνση φίλων. Αργότερα αγόρασε και τα βιβλία της, τα οποία βρήκε περισσότερο φιλοσοφικά απ' ότι περίμενε. Δεν είχε ενθουσιαστεί ιδιαίτερα από τις «αποκαλύψεις» της, παρόλα αυτά εφάρμοζε πιστά τις μεθόδους που σύστηνε στα βιβλία, όπως άλλωστε και τόσοι άλλοι.

Ο ΑΧΙΛΛΕΑΣ ΕΠΕΣΕ

Μιας και βρισκόταν σε σύγχυσή άρχισε, σχεδόν ασυναίσθητα, να επαναλαμβάνει μηχανικά την μαγική λέξη και να επικεντρώνει την προσοχή της σε αυτήν. Αισθάνθηκε να κλίνεται μέσα σε ένα προστατευτικό κουκούλι και να απομονώνεται από το απειλητικό περιβάλλον. Όχι αυτή δεν κινδύνευε. Όλο αυτό ήταν ένα επεισόδιο μιας σειράς στην οποία πρωταγωνιστούσε μια νεαρή ηθοποιός που της έμοιαζε εκπληκτικά. Αυτή είχε μονάχα ένα σκοπό, να φτάσει στο δωμάτιο, με το που θα έμπαινε μέσα κάθε απειλή θα εξαφανιζόταν. Δεν αισθανόταν κανένα φόβο, μονάχα μια παγερή απάθεια που ολοένα και μεγάλωνε. Συνέχισε να επαναλαμβάνει την λέξη «Εγώ», με έναν σχεδόν υπνωτικό ρυθμό. Ξαφνικά θυμήθηκε πως στα Αγγλικά η λέξη εγώ αποτελείται από ένα και μόνο γράμμα και συμβολίζει την μονάδα, ενώ στα ελληνικά η λέξη αποτελείται από τρία γράμματα. Διέκοψε όμως θυμωμένη αυτή την σκέψη γιατί είχε χάσει για άλλη μια φορά την συγκέντρωσή της. Πολύ γρήγορα βυθίστηκε ξανά κάτω από ένα επιφανειακό κάλυμμα από «Εγώ» και συνέχισε να προχωρά μόνη στον σκοτεινό θάλαμο.

ΠΕΡΑΣΕ ΜΠΡΟΣΤΑ ΑΠΟ το εργαστήριο και έφτασε στην κατακόρυφη σκάλα που οδηγούσε στον επάνω όροφο εκεί που βρισκόταν το δωμάτιο εκτάκτου ανάγκης. Άνοιξε βιαστική την πόρτα και μπήκε μέσα χαμογελώντας. Είχε φτάσει επιτέλους.

Προχώρησε μέσα και κατευθύνθηκε μπροστά σε μια μικρή συσκευή με μια οθόνη και μια μικρή κάμερα. Πάτησε το μοναδικό κουμπί που βρισκόταν πάνω στην συσκευή και η οθόνη άνοιξε μονομιάς. Τώρα μπορούσε να δει τον εαυτό της μέσα στην οθόνη. Πλησίασε την κάμερα και άρχισε να μιλάει προσπαθώντας να συγκρατήσει την ψυχραιμία της. «Ονομάζομαι Έλενα Όνλιμι, μέλος του ερευνητικοού διαστημικού σκάφους ΑΧΙΛΛΕΑ της ΝΑΣΑ. Το ΑΧΙΛΛΕΑ υπέστη ένα σοβαρό ατύχημα και έπεσε πάνω στην επιφάνεια του Γανυμήδη. Δεν είμαι σε θέση να γνωρίζω πόσα ακόμα μέλη του πληρώματος...έχουν επιζήσει της πτώσης. Αυτό το μήνυμα απευθύνεται σε κάθε διαστημική υπηρεσία και οργανισμό, αλλά και σε κάθε...μορφή νοημοσύνης που θα λάβει αυτό το μήνυμα. Σας παρακαλώ...μην μας αφήσετε εδώ να πεθάνουμε. Σας παρακαλώ, ελάτε να μας σώσετε».

Ξαναπάτησε το κουμπί και η οθόνη έκλεισε. Σύμφωνα με το πρωτόκολλο έπρεπε να μείνει στο δωμάτιο και να περιμένει τυχόν απάντηση από τα κεντρικά. Πήρε βαθιές ανάσες και κάθισε κάτω στο πάτωμα, χώνοντας το πρόσωπο της ανάμεσα στα μπράτσα της.

Κάποια στιγμή, θυμήθηκε ότι ο Μπεν την ακολουθούσε και πως λογικά θα έπρεπε να είχε μπει και αυτός στο δωμάτιο ύστερα από αυτήν. Σήκωσε το κεφάλι της και κοίταξε το δωμάτιο. Όχι, δεν είχε έρθει, ήταν ακόμα μόνη της. «Να πάει να κόψει τον λαιμό του», σκέφτηκε, «δεν είναι δική μου ευθύνη».

Ύστερα από λίγο σηκώθηκε και άνοιξε την πόρτα. «Μπεν είσαι εκεί έξω;», φώναξε, χωρίς όμως να λάβει κάποια απάντηση. Ξαναγύρισε στην θέση της. Είχε αρχίσει να αισθάνεται άβολα. Έπρεπε να ηρεμήσει, δεν έπρεπε να χάσει την αυτοκυριαρχία της. Θυμήθηκε τα λόγια της Λάντιμα.

«Πολλές φορές, ακόμα και όταν θα έχετε επιτύχει τους βραχυπρόθεσμους στόχους σας, θα βρεθείτε μόνοι και μόνες σας. Και τότε, να ξέρετε, μπορεί να νιώστε άσχημα. Θέλω να γνωρίζετε πως αυτό είναι απολύτως φυσιολογικό. Ξέρετε η κοινωνία, μας έχει σμιλεύσει με τέτοιο τρόπο ώστε να νιώθουμε ότι έχουμε πετύχει κάτι μόνο όταν μας το αναγνωρίζει αυτή, δηλαδή όταν λαμβάνουμε τα εύσημα από κάποιον άλλο. Έχω να σας πω κάτι γι' αυτό. Δεν το χρειάζεστε. Ναι, ναι δεν χρειάζεστε τον θαυμασμό ή την επιβεβαίωση από κανέναν. Ούτε από τους γονείς σας, ούτε από τις ζηλιάρες φίλες σας, ούτε και από τον ομορφούλη που λέει τα ίδια σε κάθε κοπέλα όταν τον πιάνουν οι κάψες του. Αφήστε με να το επαναλάβω. Δεν χρειάζεστε κανέναν. Δεν έχετε κανέναν ανάγκη. Αυτό σας το λέω εγώ, που έχω καταφέρει τόσο πολλά ολομόναχη. Και θα σας πω και κάτι άλλο. Θα σας αποκαλύψω τι πρέπει να κάνετε όταν αισθάνεστε άσχημα. Θα απλώνετε τα χέρια σας, θα αγκαλιάζετε το σώμα σας από τον ένα ώμο στον άλλο και θα επαναλαμβάνετε συνεχώς τη λέξη "Είμαι τέλεια. Είμαι. Είμαι.". Μόνο αυτό, τίποτα άλλο».

Η Έλενα αποφάσισε να μην μείνει άλλο με αυτή την άσχημη αίσθηση που αισθανόταν. Άπλωσε τα χέρια της και αγκάλιασε το σώμα της από ώμο σε ώμο. Τα νεανικά της χείλη άρχισαν να ανοιγοκλείνουν ρυθμικά, σαν να απήγγειλε το ρεφρέν κάποιου τραγουδιού. Το μόνο που βγήκε από τα χείλη της ήταν ένα ξερό, επαναλαμβανόμενο, «Είμαι, είμαι, είμαι». Στο μυαλό της σχηματίστηκε η λέξη «μόνη», αλλά πείσμωσε και επικεντρώθηκε ακόμα περισσότερο στο εγωιστικό ντάρμα, ώστε η κακιά λέξη άρχισε να ξεθωριάζει μέχρι που εξαφανίστηκε τελείως.

Σταδιακά, άρχισε να νιώθει πως υπνωτίζεται, τα χέρια της άρχισαν να τρίβουν ρυθμικά τους ώμους της, προσπαθώντας να συγχρονιστούν με την επανάληψη της λέξης. Το μυαλό της άρχισε να αδειάζει, σαν να πετάει το ένα μετά το άλλο τα δεμάτια των σκέψεων κάθε φορά που επαναλάμβανε την λέξη. Περίμενε να αισθανθεί χαρά, αλλά αντιθέτως αισθανόταν ράθυμη, χωρίς συναισθήματα, σχεδόν άδεια. Ήθελε να σταματήσει, να αισθανθεί κάτι έστω και θλίψη, αλλά δυστυχώς μετά από τόσα χρόνια αυθυποβολή, το να σταματήσει δεν ήταν καθόλου εύκολο. Τα χέρια της συνέχιζαν να χαϊδεύουν τους ώμους της και τα χείλη της να επαναλαμβάνουν την λέξη. Αισθανόταν σαν μια μικρή μαριονέτα που περίμενε κάποιον να πιάσει τα σχοινιά και να την βάλει να χορέψει.

Ένα παγερό αίσθημα αγκάλιασε την ψυχή της και το σώμα της. Τρεμούλιασε ολόκληρη. Αισθάνθηκε σαν ο τελευταίος άνθρωπος στον κόσμο. Οι μύες στο σώμα της σφίχτηκαν ενστικτωδώς και τα μάτια της βούρκωσαν. Όμως ακόμα δεν μπορούσε να κινηθεί, δεν είχε τον έλεγχο. Θυμήθηκε πως ένας συγγραφέας είχε κάποτε περιγράψει την κόλαση σαν ένα πολύ κρύο μέρος γεμάτο μυτερά παγόβουνα που έφταναν μέχρι τον ουρανό. Ύστερα σκέφτηκε πως αυτή την στιγμή δεν υπήρχε κοντά της ούτε ένας άνθρωπος που να την αγαπάει. Ούτε ένας, έστω λίγο.

Ένα ζεστό δάκρυ άρχισε να κυλάει πάνω στο μάγουλο της, αλλά εκείνη δεν μπορούσε να το νιώσει. Συνέχισε να πολεμάει με τα όπλα που είχε. Τα χείλη της επαναλάμβαναν «είμαι, είμαι, είμαι». Στο μυαλό της εμφανίστηκε η λέξη «αβοήθητη», αλλά αυτή την φορά δεν κατάφερε να την διώξει.

Το πρόσωπο της άρχισε να συσπάται με έναν άσχημο τρόπο. «Πονάω, πονάω», σκέφτηκε, καθώς ένιωσε την απελπισία να την καταλαμβάνει, αλλά τα χείλη της συνέχισαν να επαναλαμβάνουν το ντάρμα. «Είμαι, είμαι, είμαι» και πάλι και ξανά. Και άλλες σκέψεις πέρασαν από το μυαλό της, που την έσπρωχναν βαθύτερα σε μια κατάσταση απόγνωσης.

«Θεέ μου», σκέφτηκε «πόσο πονάω. Ω, Θεέ μου βοήθα με». Το σώμα της τραντάχτηκε σαν να την χτύπησε κεραυνός και τα αυτιά της γέμισαν από ένα βίαιο βουητό. Όταν συνήλθε βρήκε πως το σώμα της είχε γείρει πάνω στο πάτωμα. Με κόπο σηκώθηκε και κατάφερε να σταθεί στα πόδια της.

Ο ΑΧΙΛΛΕΑΣ ΕΠΕΣΕ

Αισθανόταν πως το δωμάτιο την έπνιγε, σαν να την περικύκλωνε ασφυκτικά. Δεν άντεχε άλλο την μοναξιά που βασίλευε σε αυτό το δωμάτιο. Αποφάσισε πως θα έβγαινε έξω να ψάξει για τον Μπεν και να τον φέρει στο δωμάτιο και μαζί του και όποιο άλλο μέλος του πληρώματος έβρισκε. Άνοιξε την πόρτα και βγήκε στον στενό θάλαμο. Για μια στιγμή αισθάνθηκε τον φόβο να την καταλαμβάνει και μια έντονη παρόρμηση να γυρίσει πίσω στο δωμάτιο. Τελικά κατάφερε να κυριαρχήσει πάνω στα συναισθήματά της και συνέχισε να προχωράει μπροστά ώσπου έφτασε στην σκάλα. Την κατέβηκε βιαστικά και άρχισε να τρέχει με κατεύθυνση την τραπεζαρία.

Όταν ανέβηκε στην τραπεζαρία βρέθηκε απέναντι σε ένα καμένο τοπίο. Οι τοίχοι ήταν μαυρισμένοι και η ατμόσφαιρα αποπνικτική. Αποφάσισε να ρίξει μια ματιά τριγύρω και γρήγορα εντόπισε μια περίεργη μισοκαμένη μάζα. Πλησίασε και την παρατήρησε καλύτερα, ήταν το άψυχο κορμί του Μπεν.

Αισθάνθηκε σαν να ζαλίζεται και έχασε την ισορροπία της. Όμως δεν έπεσε, κατάφερε την τελευταία στιγμή να στηριχτεί σε έναν κοντινό τοίχο. Στηρίχτηκε πάνω του και προσπάθησε να συγκροτήσει τις σκέψεις της. Στην μυρωδιά της καμένης σάρκας ένιωσε ένα τρέμουλο στο στομάχι και έσκυψε κάνοντας εμετό.

Ύστερα, κατέβηκε ξανά τις σκάλες και εγκατέλειψε το αποκρουστικό δωμάτιο. Περνώντας μπροστά από το εργαστήριο, για να επιστρέψει στο δωμάτιο εκτάκτου ανάγκης, άκουσε έναν σχεδόν ανεπαίσθητο ήχο. Κάτι σαν ξεφύσημα, σαν αναπνοή.

Σκοτεινές σκέψεις εμφανίστηκαν στο μυαλό της. «Ένας ακόμα θα σημαίνει λιγότερος αέρας και τροφή για εμένα. Και αν είναι κάποιο άτομο που δεν συμπαθώ; Θα αναγκαστώ να περάσω τις τελευταίες μου μέρες μαζί με ένα άτομο που απεχθάνομαι. Αν έχει τραυματιστεί; Θα χρειαστεί να παριστάνω και την νοσοκόμα συν τοις άλλοις». Αισθάνθηκε άσχημα με τον εαυτό της, έστω και αν δεν αισθανόταν αυτές τις σκέψεις εντελώς δικές της. Υπήρχε κάτι κάλπικο σε αυτές, ένας φόβος, ένα ψέμα. Όχι, δεν ήταν δικές της και δεν την όριζαν σαν άνθρωπο. Αφού αισθανόταν ντροπή στην θύμησή τους σήμαινε πως δεν αντανακλούσαν την πραγματική της θέληση. Σήμαινε πως η συνείδησή της, η σύνδεση δηλαδή μυαλού και ψυχής, τις απέρριπτε ως ξένες. Στην πραγματικότητα ήθελε να βοηθήσει, ακόμα και ανθρώπους που δεν συμπαθούσε, γιατί ήταν και αυτοί άνθρωποι, ψυχές τσακισμένες από παρόμοια βάρη.

Κοντοστάθηκε για λίγο αναποφάσιστη, και ύστερα μπήκε μέσα αποφασιστικά. Το σκοτάδι ήταν πυκνό και δεν μπορούσε να δει τίποτα. Στάθηκε για μια στιγμή ακίνητη μην ξέροντας προς τα που να πάει. Μέσα απ' το σκοτάδι ξεπήδησε ο αχνός και σταθερός ήχος ενός ανθρώπου που αναπνέει. Άρχισε να τον ακολουθεί, περπατώντας προσεκτικά ανάμεσα σε σκορπισμένα αντικείμενα. Φτάνοντας κοντά στην πηγή του ήχου, έσκυψε, και άπλωσε τα χέρια της, προσπαθώντας να πιάσει τον τραυματισμένο συνάδελφό της από τις μασχάλες και να τον τραβήξει έξω. Από τους ώμους και την πλάτη του κατάλαβε πως πρόκειται για άντρα.

Με πολύ κόπο κατάφερε να τον τραβήξει έξω από το εργαστήριο. Τελικά, έπιασε το χέρι του συναδέλφου της το κόλλησε πάνω στο στήθος του για να μπορέσει να τον τραβήξει ευκολότερα. Τελικά η ειδική αυτή λαβή δεν την βοήθησε και πολύ, αγκομαχούσε και έκανε στάσεις κάθε δύο μέτρα.

Μετά από λίγα λεπτά κατάφερε να φτάσει μέχρι την σκάλα για το άνω διάζωμα. Κοντοστάθηκε λίγο, ύστερα με ορμή τον άρπαξε από τις μασχάλες και άρχισε να ανεβαίνει τα σκαλιά με ταχύτητα.

Ο ΑΧΙΛΛΕΑΣ ΕΠΕΣΕ

«Έλα φίλε μου, έλα καλέ μου. Λίγο ακόμα μας έμεινε. Μερικά σκαλάκια. Πάμε. Ωχ, να πάρει. Έλα πάμε πάλι. Δεν πρέπει να σταματάμε. Δεν πρέπει να ξαποσταίνουμε. Όχι τώρα, όχι ακόμα. Σε λίγο, σε λίγο».

Της πήρε γύρω στα δεκαπέντε λεπτά να τον ανεβάσει πάνω από την κάθετη σκάλα. Συχνά κάποιο πόδι της γλίστραγε και πήγαινε πίσω μερικά σκαλιά. Αλλά συνέχιζε, σταμάταγε λίγο, διόρθωνε την θέση των ποδιών της και προσπαθούσε ξανά. Τελικά κατάφερε να ανέβει και τα τελευταία σκαλιά μαζί με τον λιπόθυμο συνάδελφό της. Ο πάνω όροφος είχε καλύτερο φως και έτσι κατάφερε να αναγνωρίσει τον νεαρό άνδρα. Ήταν ο Στεφάν, ένας Ρώσος αστροφυσικός που είχε συμπεριληφθεί κυριολεκτικά τελευταία στιγμή στην αποστολή.

Εφάρμοσε ξανά την λαβή και άρχισε να τον σέρνει προς το δωμάτιο εκτάκτου ανάγκης. Τότε παρατήρησε πως ο νεαρός Ρώσος κουνούσε σιγανά το κεφάλι του δεξιά και αριστερά. Τον ξάπλωσε κάτω και τον κοίταξε ξανά. Είχε και αυτός ανοίξει τα μάτια του και την κοιτούσε στοργικά. Χαμογέλασε και του είπα γλυκά, «Στεφάν είσαι ζωντανός. Δόξα τω Θεώ».

V

«ΟΧΙ, ΣΤΕΦΑΝ ΔΕΝ ΕΧΕΙ έρθει καμία απάντηση ακόμα», είπε η Έλενα κοιτάζοντας το μηχάνημα επικοινωνίας που βρισκόταν στο δωμάτιο εκτάκτου ανάγκης.

Ο ΑΧΙΛΛΕΑΣ ΕΠΕΣΕ

«Αλλά πιστεύω πως δεν θα αργήσουν να μας απαντήσουν», πρόσθεσε βιαστικά και έκατσε απέναντι του στο μικρό δωμάτιο.

Ο Στεφάν χαμήλωσε το βλέμμα και κοίταξε το ρολόι που είχε περασμένο στο καρπό του.

«Μόλις πήγε δώδεκα το βράδυ. Ξεκινά μια καινούρια μέρα», λέγοντας αυτά πήρε στα χέρια του έναν μικρό μπλε μαρκαδόρο και τράβηξε μια μικρή γραμμή στον τοίχο.

Ήταν μόλις η δεύτερη.

«Έχουν περάσει τουλάχιστον σαράντα οχτώ ώρες από τότε που έστειλες το μήνυμα. Θα έπρεπε να έχουν απαντήσει. Το πρωτόκολλο είναι ξεκάθαρο», πρόσθεσε κατσουφιασμένος ο Στεφάν.

«Φοβάμαι μήπως έχει χαλάσει ο αναμεταδότης».

«Δεν το νομίζω...», απάντησε σιγανά η Έλενα. Η φωνή της ήτανε σπασμένη.

Με ενοχλεί που δεν μπορούμε να κάνουμε τίποτα» είπε ο Στεφάν.

«Ναι και εμένα», τον έκοψε απότομα εκείνη.

Ήταν εμφανώς ταραγμένη και πιθανόν στα πρόθυρα μιας νέας κρίσης πανικού.

«Ξέρεις Στεφάν, θα με ευχαριστούσε πολύ...αν αλλάζαμε κουβέντα», είπε η Έλενα χαμογελώντας λυπημένα.

«Φυσικά», απάντησε εκείνος χωρίς να αλλάξει η έκφραση στο πρόσωπο του.

Πέρασε λίγη ώρα με νεκρική σιγή. Κάποια στιγμή ο Στεφάν σήκωσε το βλέμμα του και την κοίταξε. Οι μυς του προσώπου της ήταν τεντωμένοι από την ένταση και τα μάτια της έμοιαζαν με μικρά κάστανα πάνω από φωτιά. Φαινόταν σαν να πάλευε με κάτι μέσα της. Με κάποια σκέψη που την πλήγωνε, που ενέτεινε την απελπισία της.

«Θα βάλω καφέ, θέλεις λίγο;», την ρώτησε.

«Ναι, ναι, ευχαριστώ πολύ».

Ο Στεφάν έβαλε τον καφέ και το νερό στην μικρή καφετιέρα, την ενεργοποίησε και ύστερα έκατσε πάλι στην προηγούμενη θέση του. Παρέμειναν και πάλι σιωπηλοί, μόνο που αυτή την φορά η σιωπή έσπαζε από τον ήχο του νερού που βράζει.

«Ξέρεις Στεφάν, υπάρχει μια σκέψη που με βασανίζει. Δηλαδή, είναι περισσότερο αίσθημα παρά σκέψη. Είναι κάτι σαν διαπίστωση. Φοβάμαι...πως αν πεθάνω εδώ...θα έχω σπαταλήσει την ζωή μου, χωρίς να έχω κάνει τίποτα σημαντικό...τίποτα που να αρκεί».

«Να αρκεί, για ποιόν, Έλενα;»

«Για μένα. Να αρκεί για μένα. Πάντα πίστευα πως θα κάνω πολλά πράγματα....σημαντικά πράγματα. Πράγματα άξια θαυμασμού και...και γιατί να μην το πιστεύω, είχα τις δυνατότητες και τις ευκαιρίες, μέχρι και την καθοδήγηση από τον πατέρα μου. Και παρόλα αυτά...θα πεθάνω σε ένα κονσερβοκούτι, πάνω σε έναν καταραμένο φεγγάρι του Δια, χωρίς να έχω καταφέρει...απολύτως τίποτα».

«Και όλα αυτά που έχεις ήδη καταφέρει; Είσαι μια εξαιρετική επιστήμονας, επιλέχτηκες για το πιο φιλόδοξο πρόγραμμα στην ιστορία της ΝΑΣΑ. Όλα αυτά... δεν σημαίνουν τίποτα για εσένα;»

«Ναι...σίγουρα σημαίνουν κάτι...αλλά...δεν με καταλαβαίνεις...δεν είναι αρκετά...ή μάλλον επαρκή...τα αισθάνομαι...θα ακουστεί περίεργο... τόσο λίγα, τόσο...άχρωμα».

«Τι νομίζεις πως θα σου ήταν αρκετό; Για να νοιώσεις πως δεν σπατάλησες την ζωή σου».

«Δεν ξέρω...δεν έχω ιδέα».

«Όμως, δεν μπορεί να μην στοχεύεις κάπου. Υπάρχει σίγουρα κάτι που επιδιώκεις, αλλιώς δεν θα έφτανες μέχρι εδώ. Όλοι μας κάπου θέλουμε να φτάσουμε και προχωράμε προς τα εκεί, έστω και μπουσουλώντας».

«Φαντάζομαι...πως όλα όσα έχω κάνει σκοπεύουν να φτάσω εκεί που έχει φτάσει και ο πατέρας μου...ή μάλλον ακόμα και να τον ξεπεράσω. Δεν το βλέπω ανταγωνιστικά...όχι, καθόλου. Απλά, να ξέρεις, η μητέρα μου διάλεξε ακαδημαϊκή σταδιοδρομία, δεν πέρασε άσχημα, απλώς, δεν εξελίχθηκε σε κάτι παραπάνω. Όπως και οι περισσότεροι συνάδελφοι της. Αντίθετα, ο πατέρας μπήκε στην ΝΑΣΑ. Τα πρώτα χρόνια, δούλευε σαν τρελός σε προγράμματα που σχεδίαζαν άλλοι. Προς Θεού, δούλευε τόσο που δεν ερχόταν στο σπίτι για μέρες. Βέβαια τα εύσημα στην αρχή τα έπαιρναν άλλοι. Αλλά σιγά σιγά κατάφερε να ανελιχθεί...να γίνει κάποιος που η φωνή του ακούγεται και η άποψη του μετράει. Θυμάμαι, πήγαινα σπίτι του, αφότου χώρισαν με την μαμά, και τον έβλεπα ενθουσιασμένο με αυτό που έκανε. Καθόταν για ώρες μπροστά στον υπολογιστή, κοίταγε σχέδια, μιλούσε με τους συναδέλφους του, έκανε εκτιμήσεις. Και όταν τον ρώταγα γιατί τα κάνει όλα αυτά, ξέρεις τι μου απαντούσε. Με έπιανε από τους ώμους, με έφερνε κοντά του, και μου έλεγε, "Κοίτα Έλενα πρέπει πάντα να εκμεταλλευόμαστε τις ευκαιρίες, δεν θα είναι εδώ για πάντα". Το έλεγε αυτό και τα μάτια του έλαμπαν, μπορούσα να το δω. Ενώ η μητέρα, πάλευε, ξαγρυπνούσε και το μόνο που έλεγε ήταν πόσο ευχαριστημένη ήταν με τους μαθητές της που προχωρούσαν. Μου έλεγε πως χαιρόταν να τους βλέπει να παίρνουν αυτό που τους έδινε και να το μετασχηματίζουν σε κάτι νέο, ο καθένας ανάλογα με την προσωπικότητά του. Και τώρα πες μου Στεφάν...ποιος από τους δυο πήρε περισσότερα από την δουλειά του; Ο πατέρας μου που είναι υποδιευθυντής ή η μητέρα μου που είναι στην ίδια θέση τόσα χρόνια;».

«Είσαι σίγουρη πως κάνεις την σωστή ερώτηση;», ρώτησε, ύστερα από ένα μικρό διάστημα σιωπής, ο Στεφάν.

«Δεν νομίζω πως υπάρχει κάποια άλλη»

«Μια άλλη ερώτηση θα μπορούσε να είναι...που υπάρχει χαρά;»

«Δεν σε καταλαβαίνω, Στεφάν».

«Δεν είναι περίπλοκη ερώτηση».

«Ναι, αλλά είναι απίστευτα γενική. Και σε μια γενική ερώτηση δεν μπορείς να απαντήσεις σχετικά».

«Έχεις δίκιο. Δικό μου το λάθος....όταν λες ότι η καριέρα στην ΝΑΣΑ έδωσε πολλά στον πατέρα σου, τι ακριβώς νομίζεις πως του έδωσε; Του έδωσε χαρά;»

«Δεν θα το έλεγα ακριβώς χαρά. Είναι περισσότερο αυτή η αυτοπεποίθηση που αισθάνεσαι όταν έχεις καταφέρει κάτι δύσκολο. Να σηκώνεσαι το πρωί, να κοιτάς τον καθρέπτη και να λες...πως ναι...αξίζω...τα έχω καταφέρει».

«Γιατί το χρειάζεσαι αυτό;»

«Όλοι θέλουμε να αισθανόμαστε πως αξίζουμε κάτι σε αυτήν την ζωή».

«Ναι... όμως γιατί χρειάζεσαι μια θέση υποδιευθυντή για να το αισθάνεσαι αυτό;»

«Γιατί μπορώ...όχι...λάθος...κοίτα Στεφάν...δεν συμφωνώ με αυτούς τους ανθρώπους που λένε ότι ο άνθρωπος υπάρχει μόνο για να παράγει. Αυτές οι αντιλήψεις σε βάζουν σε καταστάσεις...πολύ στρεσογόνες. Και δεν τις θέλω. Αυτό που λέω είναι πως...όταν δεν έχεις κάτι άλλο που να σε γεμίζει σε αυτή την ζωή...που να σε κάνει να θέλεις να σηκωθείς από το κρεβάτι...τότε την χρειάζεσαι αυτή την επιβεβαίωση, δεν είναι έτσι;»

«Και η χαρά πού είναι;»

«Δεν υπάρχει πάντα. Ποτέ δεν υπάρχει πάντα χαρά. Το μόνο που υπάρχει είναι τα επιτεύγματα σου...εκεί υπάρχει χαρά...και τα διαστήματα ανάμεσα σε αυτά».

Η Έλενα σταμάτησε απότομα σαν να ετοιμαζόταν να πει κάτι και ξαφνικά το μετάνιωσε.

«Και...υπάρχει και το τέλος...όπου τελειώνουν όλα και καλείσαι να αναλογιστείς αυτά που κέρδισες και αυτά που έχασες», πρόσθεσε ύστερα από λίγο.

«Έχεις δίκιο», πρόσθεσε ο Στεφάν, «εγώ ήμουν αυτός που έκανα την λάθος ερώτηση. Εξάλλου η χαρά είναι κάτι πολύ υποκειμενικό. Έπρεπε να σε ρωτήσω κάτι άλλο. Είναι κάτι πιο προσωπικό και...φοβήθηκα να χρησιμοποιήσω αυτή την λέξη».

«Μπορείς να το ρωτήσεις τώρα Στεφάν. Δεν θέλω να κρύψω τίποτα...τουλάχιστον όχι πια...δεν έχει πλέον κανένα νόημα. Θα απαντήσω σε όλα».

«Η σωστή ερώτηση είναι...που βρίσκεται σε όλα αυτά η αγάπη;»

«Η αγάπη;»

«Ναι. Σε όλα αυτά που μου είπες ήταν εύκολο να βρούμε που βρίσκεται η χαρά και που η θλίψη. Η αγάπη όμως που βρίσκεται;»

«Δεν...ξέρω. Δεν το είχα σκεφτεί ποτέ αυτό. Η αγάπη απέναντι σε τι ακριβώς;»

«Καλή ερώτηση. Εσύ απέναντι σε τι την βλέπεις να εκδηλώνεται;»

«Σίγουρα στην δουλειά της μητέρας μου υπάρχει...»

«Καλύτερα να αφήσουμε τους γονείς σου απέξω αυτή την φορά. Θα ήθελα να μου πεις για την δική σου ζωή».

«Εννοείς ερωτικά, Στεφάν;»

«Όχι, πιο γενικά. Εννοώ που υπάρχει η αγάπη μέχρι τώρα στην ζωή σου. Και ακόμα καλύτερα τι σχέση έχει με την επιλογή σου να συμμετάσχεις σε αυτή την αποστολή;»

Η Έλενα τον κοίταξε προβληματισμένη και το πρόσωπο της έσπασε σε μια γκριμάτσα δυσαρέσκειας.

«Δεν χρειάζεται να απαντήσεις. Δεν έχω καμμιά πρόθεση να σε φέρω σε δύσκολη θέση».

«Όχι, όχι Στεφάν, δεν είναι αυτό. Το πρόβλημα είναι πως...φοβάμαι ότι δεν υπάρχει. Όταν ήμουν μικρή θυμάμαι τα αγαπούσα όλα...κυριολεκτικά όλα. Μα περισσότερο από όλα αισθανόμουν ένα καθαρό συναίσθημα για τους γονείς μου. Μετά, στο σχολείο, στο κολέγιο, στην σχολή...καταλαβαίνεις φιλίες...σχέσεις...η αγάπη μου άλλαξε έγινε πιο σχετική. Εμείς, όλοι αυτοί που με κάνουν ευτυχισμένη, εσείς, όλοι αυτοί για τους οποίους δεν αισθάνομαι τίποτα και οι άλλοι, όλοι εκείνοι που με έχουν πληγώσει και για τους οποίους αισθάνομαι θυμό και απογοήτευση».

Η Έλενα σταμάτησε και πήρε μια ανάσα. «Νομίζω Στεφάν, εκείνος ο καφές που είχες βάλει είναι έτοιμος», είπε καθώς σηκώθηκε και κατευθύνθηκε προς την καφετιέρα.

Ο Στεφάν πήρε το ποτήρι με το καφέ που του προσέφερε η Έλενα και την περίμενε μέχρι να επιστρέψει στην θέση της.

«Και τώρα;», την ρώτησε.

Η Έλενα ήπιε μια γουλιά και ύστερα τον κοίταξε χαμογελώντας.

«Τα τελευταία χρόνια...δεν την νιώθω...θέλω να πω πως περνάω τον καιρό μου κάνοντας πράγματα...χωρίς να αισθάνομαι κάτι που να με κάνει να αισθάνομαι αγάπη για κάποιον άλλο ή για κάτι άλλο...ή και για τον εαυτό μου ακόμα. Και ξέρεις κάτι...Στεφάν...φοβάμαι μήπως τελικά ακόμα και αν ποτέ έφτανα σε μια υψηλή θέση...δεν θα αρκούσε...θα αισθανόμουν πάλι έτσι...κενή».

Έκανε μια παύση, προσπαθώντας να συγκρατήσει μερικά δάκρυα που ανέβαιναν στα μάτια της. Δεν ήθελε να κλάψει μπροστά στον καινούριο της φίλο. Δεν ήθελε να την δει τόσο ευάλωτη. Τελικά δεν τα κατάφερε και λίγα δάκρυα κύλησαν πάνω στα μάγουλά της. Τα σκούπισε βιαστικά με την αναστροφή του χεριού της και χαμογέλασε με έναν γλυκό κοριτσίστικο τρόπο.

«Ξέρεις Στεφάν, δεν θέλω να μονοπωλώ εγώ την συζήτηση. Δεν θέλω να αισθάνεσαι σαν να είσαι ο ψυχολόγος μου...εξάλλου θα ήθελα να μάθω για εσένα. Λοιπόν, καλέ μου Στεφάν πες μου, τι ήταν αυτό που σε ώθησε να συμμετάσχεις σε αυτήν την αποστολή».

«Υπερηφάνεια».

«Σοβαρά;»

«Ω, ναι. Ξέρεις γεννήθηκα στο Ομσκ, της Ρωσικής Ομοσπονδίας, είναι μια από τις μεγαλύτερες πόλεις της σιβηρικής ομοσπονδιακής περιοχής, αλλά μιλάμε για την Σιβηρία οπότε για μεγαλούπολη είναι μάλλον μικρή. Μετά το τέλος του Πανεπιστημίου κέρδισα μια θέση στα καλοκαιρινά κάμπους της ΝΑΣΑ, εκεί τα πήγα καλά και μου έδωσαν μια υποτροφία για ένα εξαμηνιαίο πρόγραμμα πάλι μέσα στην ΝΑΣΑ. Αλλά μέχρις εκεί μπόρεσα να πάω. Δεν κατάφερα να ανανεώσω την υποτροφία μου για άλλους έξι μήνες, ούτε κάποια άλλη θέση μέσα στην υπηρεσία. Είχα τσαντιστεί πάρα πολύ τότε, ένιωθα σαν ένας μικρός Ιβάν Ιβάνοβιτς, που απορρίπτεται από τους φωνακλάδες Αμερικάνους. Έτσι ξαναγύρισα στην Ρωσία, αλλά δεν πάτησα ούτε μια στιγμή το πόδι μου στο Ομσκ...πέρασα εκεί λίγα χρόνια ως αναπληρωτής σε μερικά πανεπιστήμια της Μόσχας αλλά δεν με ικανοποιούσε. Αισθανόμουν ότι μια καριέρα στην πατρίδα ήταν κάτι σαν συμβιβασμός. Έτσι τελικά ξαναγύρισα στις ΗΠΑ. Βλέπεις αυτό που πραγματικά ήθελα ήταν να με παραδεχτείτε εσείς, οι Αμερικάνοι. Ασχολήθηκα με μερικά ενδιαφέροντα προγράμματα σε ιδιωτικές εταιρίες, αλλά χωρίς να μένω πολύ σε κάθε μια από αυτές. Ήθελα να φτιάξω ένα πολύ δυνατό βιογραφικό ώστε να μην μπορεί κανείς να μου πει όχι. Έτσι όταν άκουσα για το πρόγραμμα του ΑΧΙΛΛΕΑ, το είδα σαν μια ευκαιρία να...πάρω το αίμα μου πίσω. Το αστείο είναι πως σκόπευα να αποχωρήσω μετά την λήξη της θητείας μου στο πρόγραμμα».

«Και όλα αυτά που μου έλεγες πριν...με την χαρά και την αγάπη, που βρίσκονταν στην δικιά σου ζωή;»

«Χμ...φοβάμαι πως δεν βρίσκονταν ούτε στην δική μου ζωή. Όπως πολλοί άλλοι έτσι και εγώ την είχα αποβάλει από την ζωή μου...την είχα ξεχάσει. Κοιτούσα μόνο να κερδίζω τίτλους και...χρήματα. Και τώρα φοβάμαι πως σπατάλησα ένα μεγάλο κομμάτι της ζωής μου. Ξέρεις...πριν το ατύχημα σκεφτόμουν τι θα κάνω μετά, ποια θα είναι η επόμενη μου κίνηση. Όμως από τότε, σκέφτομαι συνεχώς τι θα μπορούσα να είχα κάνει αλλιώς...αν ήξερα ότι όλο αυτό σταματάει εδώ...στα τριάντα μου χρόνια».

«Και τι θα είχες κάνει αλλιώς;»

Ο Στεφάν σιώπησε για λίγο και ύστερα άπλωσε το χέρι του και πήρε μια μικρή Βίβλο που βρισκόταν χωμένη στην εσωτερική τσέπη της στολής του. Την έφερε μπροστά και την σήκωσε στο ύψος των ματιών του.

«Θα προσπαθούσα να ζήσω πιο πιστά σύμφωνα με τον Λόγο του Θεού» είπε και ακούμπησε προσεχτικά την Βίβλο στα γόνατα του.

«Δεν έχεις κάνει τίποτα πολύ κακό ώστε να φοβάσαι ότι...δεν θα πας στον Παράδεισο, έτσι;»

Ο ΑΧΙΛΛΕΑΣ ΕΠΕΣΕ

«Φοβάμαι...ή μάλλον λυπάμαι ότι θα πάω στον Κύριο μου με άδεια χέρια.»

«Δηλαδή, τι εννοείς με αυτό;»

«Δεν είναι ανάγκη να σε βαρύνω και με τα δικά μου προβλήματα, Έλενα...»

«Όχι», τον διέκοψε η κοπέλα, «άκουσες τους δικούς μου φόβους και θέλω και εγώ να ακούσω τους δικούς σου. Ίσως σε κάνει να αισθανθείς καλύτερα. Δοκίμασέ το».

«Ωραία λοιπόν...αφού το θες θα σου πω. Γεννήθηκα και μεγάλωσα ως Χριστιανός Ορθόδοξος. Μικρός ήμουν πολύ ένθερμος απέναντι στην πίστη. Αλλά...μεγαλώνοντας άρχισα να φέρομαι και εγώ σαν και τους άλλους. Μέχρι και που ανέβηκα σε αυτό το σκάφος ήμουν ένα άτομο που ζούσα μόνο και μόνο για τον εαυτό μου. Φερόμουν εγωιστικά...δεν ήμουν Χριστιανός στην πράξη».

«Έκανες κάτι κακό, κάποια μεγάλη αμαρτία;», η φωνή της Έλενας ακουγόταν απαλή, σχεδόν γλυκιά.

«Αυτό προσπαθώ να σου πω, δεν φέρθηκα με αγάπη. Σε όλη την μέχρι τώρα ζωή μου...δεν έκανα τίποτα για τους άλλους. Και το χειρότερο είναι πως το ήξερα, ήξερα τι έπρεπε να κάνω. Μεγάλωσα με αυτό. Είδα ανθρώπους γύρω μου να κάνουν πράξη την αγάπη. Την δέχτηκα και την ένιωσα στην ψυχή μου. Ήμουν τυχερός...όχι...όχι τυχερός...ήμουν ευλογημένος. Τι την έκανα αυτή την ευλογία; Την πέταξα. Ενώ θα μπορούσα να την μοιραστώ με τόσους ανθρώπους. Θα μπορούσα να είχα κάνει τόσα πολλά στη ζωή μου, με όλα αυτά που έλαβα...με όλα αυτά...πριν πεθάνω».

Ο Στεφάν έμεινε λίγο σιωπηλός, ύστερα σήκωσε το βλέμμα του και κοίταξε την Έλενα. Της φάνηκε κάπως αλλαγμένος, σαν μόλις να είχε απαλλαχθεί από ένα μεγάλο βάρος. Χαμογέλασε αδύναμα και αυτή τον μιμήθηκε χωρίς να το καταλάβει.

«Έλενα...το θαυμαστό σε όλα αυτά είναι...πως μπορείς να τα ξεπεράσεις, να τα διορθώσεις. Είναι που...προσευχήθηκα αυτές τις δυο μέρες, κάτι που είχα να κάνω εδώ και αρκετό καιρό...και θες να μάθεις τι απάντηση πήρα στις προσευχές και στις αγωνίες μου».

Η Έλενα κούνησε καταφατικά το κεφάλι και την ίδια ώρα αισθάνθηκε την ψυχή της να σφίγγεται.

«Η απάντηση είναι...Σ᾽αγαπάω ακόμα».

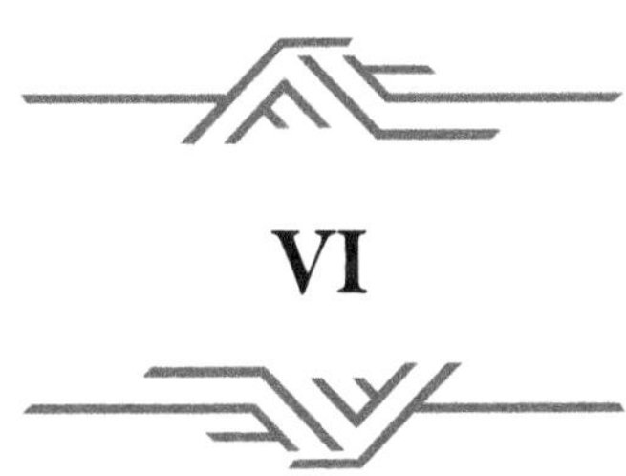

VI

« *Δεν με κατάλαβες καλή μου, δεν είμαι ένας απλός υποστηρικτής του Γερουσιαστή Μακάλιστερ, είμαι...άσε με τουλάχιστον να ολοκληρώσω αυτό που λέω...είμαι ο...μην με διακόπτεις και θα καταλάβεις...ναι έχω ραντεβού μαζί του για σήμερα το απόγευμα...ποιο είναι το πρόβλημα μου...το πρόβλημα μου είναι πως σήμερα το πρωί έλαβα ένα email ότι ακυρώνεται...ναι μάλιστα...όχι δεν εξηγεί το γιατί...ξέρετε είμαι πολυάσχολος άνθρωπος και...δεν μπορεί να ακυρώνει έτσι απλά*

ένα ραντεβού...λοιπόν...λοιπόν πείτε στον Μακάλιστερ ότι ο Σωτηριάδης σταματά να υποστηρίζει τους Δημοκρατικούς...και πείτε του ότι αν το κόμμα σας επιθυμεί να τους τιμήσω με την συμμετοχή μου στην επιτροπή του Κογκρέσου πρώτα θα μου ζητήσετε δημόσια συγνώμη...χαίρετε».

ΜΕ ΜΙΑ ΑΠΟΤΟΜΗ ΚΙΝΗΣΗ ο Σωτηριάδης τερμάτισε την κλήση. Ύστερα χτύπησε το χέρι του στο γραφείο και έβρισε στα ελληνικά. Τον τελευταίο καιρό ήταν διαρκώς θυμωμένος και όχι σπάνια ξεσπούσε στο πρώτο πράγμα που έβλεπε μπροστά του. Όλα είχαν αρχίσει από την πτώση του ΑΧΙΛΛΕΑ στην επιφάνεια του Γανυμήδη, εδώ και ενάμισι μήνα.

Ο τύπος το ονόμασε το «μεγαλύτερο φιάσκο του $21^{ου}$ αιώνα», κάτι που από μόνο του σήμαινε πολλά. Σε όλον τον κόσμο στήθηκαν μικρά δικαστήρια στα μέσα κοινωνικής δικτύωσης και στις τηλεοράσεις, όπου δημοσιογράφοι, συνηθισμένοι στο να ασκούν τα δικαστικά τους καθήκοντα επιδείκνυαν με εξαντλητικές περιγραφές τι ακριβώς πήγε λάθος. Και τα εκατομμύρια των ενόρκων πίσω από τα πληκτρολόγια έβγαζαν ασταμάτητα καταδικαστικές ποινές, οι οποίες πότε ήταν σκληρές, πότε αλλοπρόσαλλές και πότε ιδιαίτερα αστείες. Ειδικά, ο αμερικάνικος λαός δεν είδε με καλό μάτι την κατασπατάληση 4 δις. δολαρίων από τους φόρους που πλήρωνε. Το σύνθημα «ΤΕΡΜΑ ΤΑ ΔΙΦΡΑΓΚΑ ΝΑSA » ακούστηκε στους δρόμους, γράφτηκε στους τοίχους, κυρίως των μέσων κοινωνικής δικτύωσης και κόσμησε τα πρωτοσέλιδα πολλών περιοδικών, όπως αυτό των TIMES που το φιλοξένησε στην πρώτη σελίδα σε ένα επετειακό αφιέρωμα για τις «δέκα φορές που η NASA ντρόπιασε της ΗΠΑ».

Ο πρόεδρος της ΝΑΣΑ, Αλέξιος Σωτηριάδης, ήξερε καλύτερα από τον καθένα ότι αυτό το ατύχημα είχε σημάνει το τέλος του στην προεδρία της διαστημικής υπηρεσίας. Ακόμα περισσότερο η καταστροφή είχε τερματίσει την πολλά υποσχόμενη πολιτική του καριέρα, κάτι για το οποίο ήταν βέβαιος, πριν προλάβει καν να κάνει το πρώτο του αναγνωριστικό βήμα στον πολιτικό χώρο.

Ο Αλέξιος, «Άλεξ» για τους φίλους και τους γνωστούς, έβλεπε τον προσωπικό του κόσμο, δηλαδή την καριέρα του να καταρρέει μπροστά στα μάτια του. Ίσως για πρώτη φορά συνειδητοποιούσε ότι δεν υπήρχε τίποτα που να μπορούσε να κάνει ώστε να ανατρέψει την κατάσταση. Είχε ρίξει στο τραπέζι και το τελευταίο του καλό χαρτί, χωρίς αποτέλεσμα. Το παιχνίδι για αυτόν είχε λάβει τέλος. Του έμενε μόνο να μαζέψει τις τελευταίες του μάρκες και να φύγει. Αντί αυτού όμως καθόταν ακόμα στο τραπέζι γυροφέρνοντας νευρικά τις μάρκες στα δάχτυλα του και εκστομίζοντας κατάρες μέσα από τα δόντια του πότε για τους αντιπάλους του και πότε για την τύχη του που τον είχε εγκαταλείψει.

Ήτανε σίγουρος πως η κυβέρνηση θα έβρισκε κάποιον τρόπο να του ρίξει το φταίξιμο και πως ότι και να έκανε η σταδιοδρομία του στην διαστημική υπηρεσία θα τελείωνε στην λαιμητόμο.

Οι υποψίες του δεν άργησαν να επαληθευτούν και ο επί σειρά ετών διευθυντής κλήθηκε να καταθέσει την παραίτηση του στο τέλος της εβδομάδας. Το τέλος του διαδρόμου είχε φτάσει πιο γρήγορα από ότι περίμενε.

Ο Σωτηριάδης ένωσε τα δάχτυλα των χεριών του πίσω από το κεφάλι του και έγειρε την πλάτη της καρέκλας προς τα πίσω.

Στήλωσε τα μάτια του στο ταβάνι και έμεινε έτσι για λίγη ώρα. Αισθανόταν την στεναχώρια, την θλίψη να ξεχύνεται στην ψυχή του σαν δηλητήριο από ανοιγμένο μπουκάλι.

«Δεν το αξίζω αυτό...όχι, δεν το αξίζω...όχι δεν το αξίζω. Μετά από τόσο καιρό, τόσες επιτυχίες. Τι έκανα λάθος; Άραγε έκανα εγώ κάποιο λάθος; Όχι, καθόλου...απλώς πληρώνω τα λάθη των άλλων».

Σηκώθηκε και φόρεσε το σακάκι του. Δεν είχε κανένα λόγο να κάθεται στο γραφείο, αφού δεν υπήρχε τίποτα που να μπορούσε να κάνει. Βγήκε από το γραφείο του και άρχισε να προχωρά αργά σε έναν λευκό αποστειρωμένο διάδρομο.

«Κύριε Διευθυντά...κύριε Διευθυντά».

Ο Σωτηριάδης γύρισε κάπως ξαφνιασμένος προς την κατεύθυνση της φωνής. Ο άντρας που είχε φωνάξει το όνομα του είχε ένα ιδιαίτερο παρουσιαστικό. Φορούσε ένα χοντρό καφέ σακάκι, ίσως υπερβολικά ζεστό για τις θερμοκρασίες του Απριλίου. Κάτω από αυτό φορούσε μονάχα μια λευκή φανέλα, η οποία ήταν τσαλακωμένη σε δεκάδες σημεία προδίδοντας ότι την φορούσε εδώ και πολλές μέρες. Η ένδυση του συμπληρωνόταν με ένα επίσης πολύ ζεστό γκρίζο παντελόνι.

Στο πρόσωπο του είχε φυτρώσει μια πυκνή μαύρη γενειάδα, διάσπαρτη από μικρές γκριζωπές τούφες. Τα μάτια του ήταν κατακόκκινα, περιτριγυρισμένα από μαύρους κύκλους και το βλέμμα του απλανές.

Ο Σωτηριάδης άνοιξε το στόμα του για να του πει κάτι, αλλά αμέσως σταμάτησε σαστισμένος. Είχε μόλις αναγνωρίσει τον περίεργο άντρα.

«Μάικλ...Θεέ μου εσύ είσαι...Μάικλ Όνλιμι».

Ο Σωτηριάδης είχε ακούσει ότι ο αναπληρωτής διευθυντής είχε υποστεί μια βαρύτατη νευρική κρίση από τότε που η Έλενα, η κόρη του, είχε χαθεί μαζί με την αποστολή του Αχιλλέα στον Γανυμήδη, αλλά ποτέ δεν φαντάστηκε πως θα είχε αλλάξει τόσο πολύ. Συνειδητοποίησε πως όλο αυτό τον καιρό ίσως να μην είχε σκεφτεί ούτε μια φορά τις οικογένειες του πληρώματος που χάθηκε. Παραδόξως, αυτή η διαπίστωση τον έκανε να αισθανθεί άσχημα. Και ένα μικρό κομμάτι της τιτάνιας ενοχής που του είχαν αποδώσει όλοι αυτοί οι δημοσιογράφοι «και οι άλλοι ανίδεοι», τρύπωσε μέσα του και άγγιξε δειλά την συνείδηση του.

«Ξέρεις Μάικλ...θέλω να σου πω πως λυπάμαι...ξέρεις για όλο αυτό με την κόρη σου...πρέπει...είναι τρομερό να χάνεις ένα παιδί...και σε αυτή την ηλικία. Ειλικρινά μακάρι να μπορούσα να κάνω κάτι για σένα...».

«Άλεξ, θέλω να σου ζητήσω μια χάρη», τον διέκοψε ο Μάικλ. «Είσαι ο μόνος που μπορεί να με βοηθήσει...ο μόνος που μπορεί να την σώσει.»

«Πολύ θα το 'θέλα Μάικλ...να σε βοηθήσω, αλλά πρέπει να πάω κάπου...με περιμένουνε και...να πάρει έχω ήδη αργήσει. Στείλε μου το απόγευμα ένα email και σου υπόσχομαι πως θα το κοιτάξω».

Ο Σωτηριάδης γύρισε βιαστικά από την άλλη και άρχισε να προχωράει βιαστικά σαν να προσπαθούσε να ξεφύγει. Με λίγες δρασκελιές ο Μάικλ βρέθηκε δίπλα του και συνέχισε να τον παρακαλεί.

«Σε ικετεύω Άλεξ, πρέπει να με βοηθήσεις. Μιλάμε για την κόρη μου, δεν σου ζητάω τίποτα άλλο».

«Λυπάμαι συνάδελφε αλλά δεν μπορώ...και τώρα με συγχωρείς».

«Δεν μπορώ να την χάσω Άλεξ, δεν έχω τίποτα άλλο στον κόσμο. Αν χαθεί θα πεθάνω».

«Υπερβολές...υπερβολές. Μην γίνεσαι μελοδραματικός. Εξάλλου δεν μπορώ να κάνω τίποτα».

«Είσαι ο Διευθυντής, αν μπορεί κάποιος να στείλει μια αποστολή εσύ είσαι αυτός».

«Παράτα με άνθρωπέ μου. Ακόμα και να ήθελα να στείλω μια αποστολή διάσωσης δεν μπορώ να το κάνω. Στο λέω αν και είμαι σίγουρος πως θα το έχεις ήδη πληροφορηθεί...δεν θα είμαι για πολύ ο Διευθυντής εδώ μέσα. Έχω εντολή να δηλώσω την παραίτησή μου μέχρι το τέλος της εβδομάδας. Ξέρεις τι σημαίνει αυτό άνθρωπέ μου; Ξέρεις; Σημαίνει πως πρακτικά δεν έχω την παραμικρή εξουσιοδότηση πάνω στα κονδύλια που δεσμεύει η διαστημική υπηρεσία. Το Συμβούλιο δεν πρόκειται να δεχθεί καμία δική μου πρόταση, ακόμα και αν είναι για να αλλάξουμε τον προμηθευτή του καφέ για τα αυτόματα μηχανήματα πόσο μάλλον για μια απέλπιδα αποστολή διάσωσης».

«Όχι, όχι δεν είναι απέλπιδα. Το έχω βρει. Λίγο μετά την σύγκρουση στάλθηκε ένα μήνυμα SOS από τον Αχιλλέα. Και αυτό το μήνυμα το έστειλε η Έλενα μου».

«Παραλογίζεσαι άνθρωπε μου. Δεν υπάρχει τέτοιο μήνυμα».

«Και όμως υπάρχει. Πρέπει να με ακούσεις. Ρώτα την Ιουλία Στίρβινγκ. Αυτή το βρήκε και μου το έδειξε. Πρέπει να κάνουμε κάτι για να την σώσουμε. Την Έλενα μου».

«Τι θες άνθρωπέ μου; Τρελάθηκες; Θες να οργανώσω μια ολόκληρη αποστολή από την γη για να σου φέρει πίσω το πτώμα της;»

Στο άκουσμα της τελευταίας λέξης ο Μάικλ τινάχτηκε προς τα εμπρός, έπιασε τον Σωτηριάδη από τον λαιμό και τον κόλλησε με δύναμη στον τοίχο. Με μανία άρχισε να χτυπάει το κεφάλι του Διευθυντή στον τοίχο, βρίζοντας και καταριώντας.

Ο ΑΧΙΛΛΕΑΣ ΕΠΕΣΕ

Ο Σωτηριάδης ήταν τόσο σαστισμένος που δεν πρόλαβε να αντιδράσει καθόλου. Το μόνο που έβλεπε ήταν τα πύρινα μάτια του συναδέλφου του να τον κοιτούν με μίσος και με έναν θυμό που του φαινόταν ανεξήγητος. Ενώ ο Μάικλ συνέχιζε να τον χτυπάει με μανία στον τοίχο.

Το πρόσωπο του Άλεξ είχε ασυναίσθητα πάρει μια έκφραση σχεδόν παρακλητική. Και κάθε φορά που ο Μάικλ τον τραβούσε μπροστά για να τον ξαναχτυπήσει με φόρα στον τοίχο, ο Άλεξ ένιωθε όλο και περισσότερο σαν να παραδίδεται σε μια τιμωρία που του άξιζε.

Γιατί όμως; Είχε πράγματι φταίξει; Δεν αναγνώριζε στον εαυτό του κάποιο σφάλμα, τουλάχιστον συνειδητά. Η ανθρώπινη αίσθηση δικαιοσύνης συνδέει την τιμωρία σαν την πληρωμή ενός χρέους, την αποκατάσταση του δικαίου. Χρειάζεται ένας εξαιρετικά αμοραλιστικός νους προκειμένου να αντισταθμίσει αυτή την αίσθηση της δίκαιης τιμωρίας που του επιβάλει η συνείδησή του. Και ο Άλεξ το αισθανόταν αυτό, έβλεπε στα μάτια του συναδέλφου του την καταδικαστική απόφαση. Καταδίκη για την απάθεια, την αναισθησία, την εγωιστική τύφλωση, την απώλεια της αγάπης για τον συνάνθρωπο. Ενώ ο Μάικλ συνέχιζε να τον χτυπάει με μανία στον τοίχο.

Ο Σωτηριάδης ένιωθε απελπισμένος. Δεν υπάρχει χειρότερο συναίσθημα από το να γνωρίζεις πως τιμωρείσαι δίκαια. Γιατί ο αθώος που τιμωρείται βρίσκει παρηγοριά στην καθαρή του συνείδηση. Ο ένοχος όμως δεν βρίσκει παρηγοριά ούτε από τον ίδιο του τον εαυτό.

Άραγε υπάρχει κάποιος τρόπος να μην επέλθει η τιμωρία αλλά να διαγραφεί και το μιαρό αποτύπωμα του εγκλήματος;

Πού υπάρχει τέτοια δύναμη στον κόσμο;

Ικανή για τέτοια ευεργεσία.

Την χορήγηση απαλλαγής όχι μονάχα της ποινής, της τιμωρίας αλλά και της ίδιας της καταστροφής που επιφέρει το έγκλημα στην ψυχή και στην συνείδηση.

«Πού υπάρχει;» ούρλιαξε η ψυχή του Άλεξ, «θέλω να την βρω, να έρθει, είναι τόσο πολύ...να ζητάω και για μένα αυτή την σωτηρία».

Ο Μάικλ έριξε κάτω τον Άλεξ και άρχισε να τον κλωτσάει με δύναμη πότε στο στήθος, πότε στην κοιλιά και πότε στο πρόσωπο. Δεχόμενος τα χτυπήματα εκείνος δίπλωσε το σώμα του ενστικτωδώς και σήκωσε τα χέρια του στο ύψος του προσώπου. Όμως ούτε μια κραυγή δεν βγήκε από το στόμα του, ούτε μια έκκληση για βοήθεια.

Σταδιακά είχε και ο ίδιος αρχίσει να ξεγράφει τον εαυτό του. Ήταν τελειωμένος. Ο Μάικλ δεν ήταν στα λογικά του και δεν υπήρχε περίπτωση να σταματήσει να τον χτυπά. Αργά ή γρήγορα θα ερχόταν το μοιραίο χτύπημα. Ίσως το επόμενο. Ίσως το επόμενο.

Το επόμενο χτύπημα έπεσε με βία πάνω στο πιγούνι του Άλεξ και έκανε το κεφάλι του να τιναχτεί προς τα πίσω. Ο πόνος που αισθανόταν ήταν τρομερός. Έκλεισε σφιχτά τα μάτια του και προετοιμάστηκε. Όμως το τελειωτικό χτύπημα δεν ήρθε ποτέ. Άνοιξε έκπληκτος τα μάτια του και αντίκρυσε τέσσερις άντρες της ασφάλειας να έχουν αρπάξει τον Μάικλ και να προσπαθούν να τον απομακρύνουν. Του φαινόταν απίστευτο αλλά είχε γλυτώσει από τον κίνδυνο.

Με πολύ κόπο σηκώθηκε και στάθηκε στα πόδια του. Το πιγούνι του πονούσε ακόμα τρομερά, αλλά δεν φαινόταν να έχει κάποιο άλλο πρόβλημα.

«Κύριε Διευθυντά θα καλέσουμε την αστυνομία να έρθει και να τον συλλάβει», του απευθύνθηκε ένας φύλακας, «και τότε θα μπορέσετε να του κάνετε μήνυση για την επίθεση που σας έκανε. Θα παραστούμε εμείς σαν αυτόπτες μάρτυρες».

«Ωραία, ωραία. Σας ευχαριστώ πολύ κύριοι...για όλα», τους απάντησε προφέροντας τις λέξεις με δυσκολία.

Μέσα του αισθανόταν περίεργα, αλλά δεν έκατσε να το σκεφτεί. Κοίταξε τον Μάικλ που ακόμα πάλευε για να ξεφύγει από τις λαβές που του εφάρμοζαν οι φύλακες. Μπορούσε να δει στα μάτια του πως δεν τον είχε συγχωρήσει. Όχι, δεν είχε τόση δύναμη. Οπότε το ερώτημα παρέμενε, αλλά αισθανόταν πως η απάντηση είχε δοθεί. Αισθανόταν κάτι, σαν γνώση αλλά πολύ πιο ξεκάθαρο. Ένιωθε την διάθεση να βοηθήσει τον Μάικλ. Γιατί αυτό, το αισθανόταν ξεκάθαρα, συνιστούσε την απάντηση.

Σκέφτηκε να γυρίσει την πλάτη και να φύγει, παίρνοντας μαζί του όχι μόνο τον θυμό, που αισθανόταν για τα χτυπήματα, που είχε δεχθεί, αλλά και την μοναδική ευκαιρία να βοηθήσει τον Μάικλ. Αυτό όμως θα ήταν σαν να έσπρωχνε ένα χέρι που απλωνόταν ενώπιον του και άγγιζε την ψυχή του.

Τελικά επέλεξε να αρπάξει εκείνο το χέρι και ποιος ξέρει ίσως τον σήκωνε ψηλότερα.

«Παιδιά», είπε με σιγανή φωνή καθώς απευθυνόταν στους φύλακες, «αφήστε τον. Δεν χρειάζεται να καλέσετέ την αστυνομία. Κρατήστε τον εδώ δέκα λεπτά να ηρεμήσει και μετά αφήστε τον να φύγει από το κτίριο».

Αφού είπε αυτά τους γύρισε την πλάτη και άρχισε να απομακρύνεται. Βγήκε από το κτίριο και μπήκε στο αυτοκίνητό του, είχε μπροστά του μια διαδρομή σχεδόν δύο ωρών μέχρι να φτάσει στο σπίτι του. Το είχε αγοράσει σε μια συνοικία νεόπλουτων έξω από την πόλη. Είχε υπολογίσει ότι θα του έπαιρνε πολλή ώρα για να επιστρέψει από την δουλειά, αλλά δεν τον πείραζε. Ήθελε, να σηκώνεται το πρωί και έξω από το παράθυρο του να αντικρίζει τον ουρανό και όχι την απέναντι πολυκατοικία. Του άρεσε αυτή η εικόνα, σχεδόν του θύμιζε την πατρίδα, ο γαλάζιος ουρανός, από πάνω, το πράσινο γκαζόν σαν θάλασσα από κάτω και τα δεκάδες σπίτια σαν τσιμεντένια νησάκια διάσπαρτα πάνω στην πράσινη θάλασσα. Ή μάλλον δεκάδες ομοιόμορφα νησάκια περιχαρακωμένα από τους ασφαλτοστρωμένους δρόμους, το καθένα σε μια ατομική λιμνούλα από πράσινο γκαζόν.

Το πρωί ο ουρανός ήταν γαλανός, ασυννέφιαστος αλλά την ώρα που έφτασε ο Μάικλ στο σπίτι του, μια πυκνή συννεφιά είχε σκεπάσει το ουράνιο στερέωμα. Μπήκε μέσα στο σπίτι και κλείδωσε την πόρτα.

Ένα έξυπνο σύστημα αισθητήρων που είχε εγκαταστήσει την προηγούμενη άνοιξη, αντιλήφθηκε τον ερχομό του και ενεργοποίησε τους θερμοστάτες. Σε λίγο η ατμόσφαιρα είχε γίνει ιδανική, αλλά ο Μάικλ δεν το πρόσεξε καν. Ένιωθε κάτι να πιέζει την καρδιά του. Σταμάτησε μπροστά από τον μεγάλο καθρέπτη που βρισκόταν στο χολ. Έβγαλε τα γυαλιά του και κοίταξε το θολό του είδωλο στον καθρέπτη.

«Είσαι ηλίθιος...ναι, ένας βλάκας. Τους άφησες και σου κλέψανε τους κόπους μιας ζωής. Βλάκα, έπρεπε να το φορτώσεις σε κάποιον άλλο, όπως κάνανε και αυτοί σε σένα. Και τώρα; Και τώρα; Βλάκα σε λίγες μέρες εγκαταλείπεις την θέση σου και εσύ κάθεσαι και σκέπτεσαι τι θα έπρεπε να είχες κάνει».

Το θολό του είδωλο συνέχιζε να τον κοιτά σιωπηλό, αχνό και απόμακρο. Το εγκατέλειψε και προχώρησε μέσα στο σαλόνι. Κάθισε βαρύς στον δερμάτινο καναπέ. Με το βλέμμα του περιεργάστηκε μερικά ογκώδη βιβλία που ήταν αφημένα πάνω σε ένα τραπέζι-αντίκα. Δεν είχε καμία όρεξη να διαβάσει κανένα από αυτά, δεν είχε όρεξη να κάνει τίποτα.

Ο ΑΧΙΛΛΕΑΣ ΕΠΕΣΕ

Το ερώτημα ξανά τρύπωσε μέσα στις σκέψεις του. Ήξερε πως όσο και αν προσπαθούσε να το αγνοήσει τελικά θα χρειαζόταν να ασχοληθεί και πάλι μαζί του.

Τι είναι αυτό που μπορεί να σβήσει το έγκλημα στην πληρότητά του, σε κάθε του έκφανση και κάθε του απόληξη; Από μικρός είχε μάθει πως πρέπει να συγχωράει τους φταίχτες. Ναι, αλλά από τι συνίσταται αυτή η συγχώρεση και που μπορεί να οδηγήσει;

«Μαμά, με το να συγχωρώ εννοείς να ξεχνάω;», θυμάται πως την είχε ρωτήσει. Και η απάντηση της ήταν καθαρή και σχεδόν αυθόρμητη:

«Όχι, σημαίνει να μην τους κρατάς κακία. Να μην τους διώχνεις από κοντά σου, να τους μιλάς όμορφα, να μην λες κακά πράγματα για αυτούς, να μην τους στενοχωρείς και να τους βοηθάς όταν έχουν κάποιο πρόβλημα. Αυτό σημαίνει».

Ο Αλέξιος συνοφρυώθηκε, αυτή η απάντηση τον είχε μπερδέψει τότε και τον μπέρδευε και τώρα. Ίσως αυτό αποδείκνυε το πόσο λίγο είχε εξελιχθεί από τότε. Μα το ερώτημα εμφανιζόταν στο μυαλό του για ακόμα μια φορά με ένα προσωπείο ευλογοφάνειας. Πώς είναι δυνατόν να τα κάνω όλα αυτά όταν ακόμα θυμάμαι το έγκλημα του συγκεκριμένου προσώπου εις βάρος μου; Πώς είναι δυνατόν να συγχωρήσω όσο ακόμα θυμάμαι;

Προσπάθησε να σκεφτεί περισσότερο, για να βρει αυτό που του έλειπε.

«Πού είσαι; Μυστήρια λύση στα προβλήματά μου. Πού είσαι και δεν μπορώ να σε βρω; Πιο ψηλά...εκεί που δεν μπορώ να σε φτάσω. Θα ήθελες...άραγε...να κατέβεις λίγο πιο κάτω...στο επίπεδό μου».

Η λύση του προβλήματος δεν φαινόταν να κρύβεται πίσω από την συγχώρεση, αλλά ακριβώς από πάνω της. Τι υπάρχει εκεί;

«Τι μπορεί να οδηγήσει στην συγχώρεση; Τι μπορεί να με κάνει να μιλάω, σε αυτόν που με έβλαψε, με καλοσύνη, να μην τον διώχνω από κοντά μου, να μην τον βρίζω και να τον βοηθάω στα προβλήματά του σαν καλός φίλος;»

Η Αγάπη.

«Η Αγάπη...αυτό είναι...Θεέ μου...να 'το...το 'βρήκα μητέρα...αυτό ήταν. Αγάπη προς τους άλλους. Σε όλους, όχι μόνο στους φίλους αλλά και στους εχθρούς, σε αυτούς που με έβλαψαν. Μόνο έτσι θα μπορέσω να τους συγχωρήσω».

Ο Αλέξιος σηκώθηκε από τον καναπέ και άρχισε να πηγαινοέρχεται στο μεγάλο χολ γεμάτος έξαψη. Μετά από αρκετή ώρα ξανακάθισε, άνοιξε το τηλέφωνό του και άρχισε να ψάχνει τις επαφές του. Είχε τέτοια ένταση που την πέρασε όλη δύο φορές μέχρι να θυμηθεί να ψάξει το όνομα στην αναζήτηση. Τελικά το βρήκε και κάλεσε τον αριθμό.

«Καλημέρα   Ιουλία,   ο   Σωτηριάδης είμαι...τι...μεσημέριασε...καλά, καλά...θέλω να σε ρωτήσω κάποια πράγματα...ναι, λοιπόν έχω ένα σχέδιο...και θέλω την βοήθεια σου...ναι, για όλα υπάρχει πρώτη φορά. Επομένως, θα ήθελα να συναντηθούμε τώρα αν δεν έχεις...μέχρι ποια ώρα θα δουλεύεις...πρέπει να κάνουμε γρήγορα έχουμε μόνο μέχρι το τέλος της εβδομάδας...άφησε με να τελειώσω...δεν έχει να κάνει με εμένα αλλά με τον Μάικλ. Λοιπόν, θέλεις να βοηθήσουμε τον Μάικλ; Ωραία, φεύγω τώρα και θα είμαι εκεί σε περίπου μιάμιση ώρα...Α...μια τελευταία ερώτηση. Έχεις διαβάσει ποτέ την ιστορία του Οδυσσέα;».

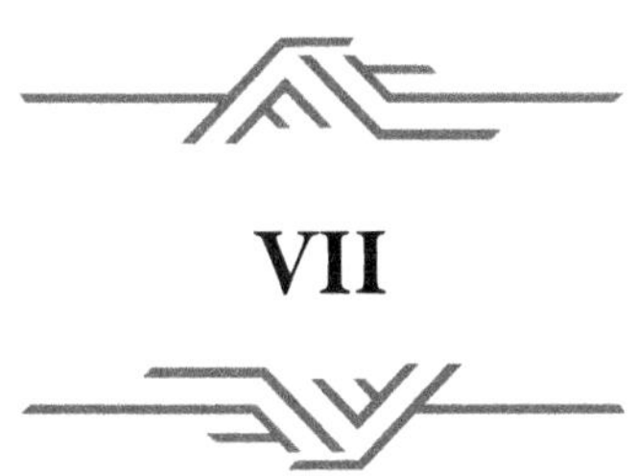

VII

«Ζακ, θα ήθελα να με αφήσετε να κάνω εγώ την αντίστροφη μέτρηση. Στο κάτω κάτω αυτή είναι η τελευταία απογείωση που θα λάβει χώρα επί προεδρίας μου», είπε ο Αλέξιος ενώ το πρόσωπο του έλαμπε από χαρά.

«Φυσικά κύριε...Διευθυντά. Το δικαιούστε...αναμφίβολα», απάντησε ο Ιακώβ Αλγκάζι και κατέβηκε από το υπερυψωμένο διάζωμα στο οποίο βρισκόταν ο Σωτηριάδης. Εκείνος έφερε το μικρόφωνο στα χείλη του και άρχισε να μιλάει στους επιστήμονες που βρίσκονταν στην αίθουσα κάτω από το διάζωμα.

«Κυρίες και Κύριοι, σας μιλά ο Διευθυντής Σωτηριάδης, σήμερα θα είμαι εγώ ο επιβλέπων για την εκτόξευση του ΕΛΑΖΑΡ. Μην ανησυχείτε πέρα από αυτή την μικρή αλλαγή το πρόγραμμα θα παραμείνει ίδιο».

Ο Ιακώβ κατευθυνόμενος προς την θέση του σταμάτησε μπροστά στο γραφείο μιας συναδέλφου του. Πλησίασε κοντά της και σκύβοντας της ψιθύρισε στο αυτί.

«Έριν, ξέρεις γιατί ο μεγάλος θέλει να επιβλέψει ο ίδιος την απογείωση του ΕΛΑΖΑΡ;»

«Όχι, σκόπευα να σε ρωτήσω και εγώ. Τι τον έπιασε τώρα που φεύγει;»

«Κοιτά μου είπε ότι θέλει να επιβλέψει γιατί πρόκειται για την τελευταία εκτόξευση επί των ημερών του και κάτι τέτοια, αλλά δεν τον πιστεύω».

«Γιατί όχι; Δεν ακούγεται παράλογο. Εξάλλου οι άνθρωποι τείνουν να γίνονται πιο συναισθηματικοί καθώς γερνάνε».

«Βρίσκεις; Εγώ νομίζω πως γίνονται πιο στριφνοί όσο πάει. Τέλος πάντων μπορεί να έχεις δίκιο. Αυτό που με προβληματίζει είναι ότι δεν πρόκειται και για κανένα σημαντικό γεγονός».

«Σε καταλαβαίνω, μη επανδρωμένο, μεταφορικό. Ούτε ένα φρέσκο μέλος του Διοικητικού Συμβούλιού δεν θα ενδιαφερόταν για έναν τέτοιο πύραυλο, πόσο μάλλον ο ίδιος ο...Ω γεια σου Ιουλία, πως και από την αίθουσα επιχειρήσεων;».

Η Ιουλία Στίρβινγκ είχε μόλις μπει στην αίθουσα από μια πλαϊνή πόρτα και προχωρούσε διστακτικά μέσα στην αίθουσα των επιχειρήσεων. Φαινόταν ελαφρώς σαστισμένη προσπαθώντας να προσανατολιστεί στον χώρο. Μετά από λίγο πλησίασε προς το μέρος του Ιακώβ και της Έριν.

«Ήρθα...γιατί έχω να αναφέρω κάτι στον κύριο Διευθυντή...μου το είχε ζητήσει. Μπορείς να μου πεις που βρίσκεται;»

«Γιατί δεν περιμένεις μέχρι το τέλος της εκτόξευσης για να του το πεις; Κάνουμε σοβαρή δουλειά εδώ», χώθηκε στην συζήτηση ο Ιακώβ.

«Μην του δίνεις σημασία καλή μου, πήγαινε τώρα να τελειώνεις...ο κύριος Διευθυντής βρίσκεται εκεί πάνω στο διάζωμα».

«Ευχαριστώ πολύ Έριν».

Η Ιουλία απομακρύνθηκε από το γραφείο της Έριν και άρχισε να κατευθύνεται αργά προς την μικρή σκάλα διασχίζοντας το κέντρο του κυκλικού δωματίου στο οποίο στεγαζότανε η αίθουσα επιχειρήσεων. Ανεβαίνοντας στο διάζωμα αντίκρυσε τον Σωτηριάδη να μονολογεί νευρικά, διασχίζοντας τον μικρό χώρο από άκρη σε άκρη ξανά και ξανά.

«Άλεξ είναι όλα έτοιμα. Φορτώθηκαν και τα τελευταία εξαρτήματα στο ΕΛΑΖΑΡ»

«Ναι; Τέλεια, τέλεια. Μπράβο Ιουλία. Το ήξερα πως θα μπορούσα να βασιστώ πάνω σου».

«Υπάρχει μόνο ένα μικρό πρόβλημα»

«Τι συνέβη;»

«Το συνολικό βάρος υπερβαίνει το προγραμματισμένο κατά μισό τόνο».

«Καλά θα δούμε τι θα κάνουμε και γι' αυτό. Μην ανησυχείς».

Ο Σωτηριάδης πήρε στα χέρια του το μικρόφωνο και άρχιζε να δίνει οδηγίες στο προσωπικό προσπαθώντας να τους κρατά όλους απασχολημένους. Το σχέδιο του φαινόταν να πετυχαίνει, κανείς τους δεν έλεγξε τις μετρήσεις του σκάφους μέχρι που αυτό μεταφέρθηκε στην πλατφόρμα εκτόξευσης.

«Λοιπόν, λοιπόν ετοιμαστείτε όλοι για την αντίστροφη μέτρηση», ακούστηκε βραχνή η φωνή του διευθυντή.

Η Ιουλία έσκυψε κοιτάζοντας κάτω από την πλατφόρμα αντικρίζοντας έναν σωρό από επιστήμονες να τρέχουν για να λάβουν τις προκαθορισμένες θέσεις. Και τότε το κατάλαβε. Κατάλαβε γιατί ο Σωτηριάδης είχε γίνει σκληρός και εγωιστής. Έφταιγε η ψευδαίσθηση της δύναμης, η προσκύνηση ενός θεοποιημένου ειδώλου, του εαυτού του. Όλη η δύναμη, η εξουσία που προερχόταν από την θέση του την είχε θεωρήσει ως δική του. Είχε ξεχωρίσει τον εαυτό του πάνω από τους άλλους ανθρώπους και θύμωνε όταν δεν λάμβανε την λατρεία και την αναγνώριση, που νόμιζε ότι δικαιούταν.

Πώς ήταν δυνατόν ένας άνθρωπος, που αισθάνεται καλύτερος όλων, να μην γίνει σκληρός; Πώς είναι δυνατόν ένας εγωιστής να μην γίνει πικρόχολος; Πώς είναι δυνατόν ένας υπερήφανος άνθρωπος να αγαπήσει, να συγχωρήσει ή να βοηθήσει;

Αυτό το λάθος είχε κάνει ο Άλεξ, είχε προσεγγίσει την επιτυχία χωρίς ταπείνωση και είχε αποτύχει.

Για την Ιουλία αυτό ήταν ξεκάθαρο πια. Αισθάνθηκε άσχημα για εκείνον. Γύρισε το πρόσωπο της και τον κοίταξε. Το πρόσωπο του έλαμπε από ενθουσιασμό όπως θα έπρεπε να λάμπει το πρόσωπο ενός εικοσάρη. Της φάνηκε περίεργο.

Γνώριζε πλέον τον λόγο που είχε οδηγήσει τον Σωτηριάδη στο να γίνει ένα αντιπαθητικό πλάσμα, δεν ήξερε όμως τι τον είχε κάνει να αλλάξει τις τελευταίες μέρες. Ήταν σίγουρη πως δεν θα μάθαινε ποτέ, θα παρέμενε ένα μυστήριο.

«Αρχίζει η αντίστροφη μέτρηση παιδιά», ούρλιαξε ο Σωτηριάδης.

Σίγουρα η Ιουλία θα ήθελε πολύ να το μάθει.

«Δέκα».

Θα το ήθελε πάρα πολύ.

«Εννέα».

Θα έπρεπε να είναι κάτι θαυμαστό, ένα ξεχωριστό βίωμα, κάποια εμπειρία, ίσως μια φιλοσοφική κατανόηση.

«Οχτώ».

Μήπως ερωτεύτηκε; Μπα, πολύ πεζό. Ήταν ήδη ερωτευμένος με το θεοποιημένο του είδωλο.

«Εφτά».

Μήπως πεθαίνει; Όχι, αυτό θα τον έκανε να απογοητευτεί και να αισθάνεται ότι όλα είναι μάταια και όχι να αλλάξει όλη του την συμπεριφορά.

«Έξι»

Ο ΑΧΙΛΛΕΑΣ ΕΠΕΣΕ

Μήπως προσποιείται και δεν έχει αλλάξει πραγματικά; Όχι, όχι αυτό δεν είναι αλήθεια, το βλέπεις στις πράξεις του, το αισθάνεσαι στην φωνή του, έχει πράγματι αλλάξει.

«Πέντε».

Τι μπορεί να είναι ικανό για τέτοια μεταμόρφωση; Αν δεν το έβλεπα με τα μάτια μου δεν θα το πίστευα.

«Τέσσερα».

Μήπως είδε τον Θεό;

«Τρία»

Σε αποκορύφωμα του ενθουσιασμού του ο Αλέξιος έπιασε το χέρι της Ιουλίας και το έσφιξε γεμάτος συγκίνηση. Η Ιουλία αισθάνθηκε αμέσως μια ιδιαίτερη θέρμη να την τυλίγει.

«Δύο»

Μια παράξενη θέρμη είχε πλέον κατακλύσει το σώμα της. Μια γλυκιά, γαλήνια, παράξενη θέρμη.

«Ένα»

Ο ογκώδης ΕΛΑΖΑΡ σήκωσε το βαρύ του κορμί προς τον ουρανό ξερνώντας μια τεράστια φωτιά προς τα κάτω. Ολόκληρη η πλατφόρμα εκτόξευσης πνίγηκε από έναν μαύρο και πυκνό καπνό, που δεν διαλύθηκε πριν περάσουν κοντά δέκα λεπτά. Και τότε το είδαν, το διαστημόπλοιο πετούσε με κατεύθυνση τον γαλάζιο ουρανό, βιαστικό να χαθεί μέσα στην αγκαλιά του.

Η ΙΟΥΛΙΑ ΓΥΡΙΣΕ ΜΕΤΑ από ώρα και απευθύνθηκε σιγανά στον Σωτηριάδη.

«Άλεξ, μήπως ξέρεις τι σημαίνει το όνομα ΕΛΑΖΑΡ;»

«Δεν έχω ιδέα καλή μου. Μου ακούγεται όμως σαν αραμαϊκά. Περίμενε μισό λεπτό».

Έφερε το μικρόφωνο στα χείλη του και φώναξε.

«Ζακ...Ζακ. Ξέρεις τι σημαίνει το όνομα του σκάφους; Νομίζω πως είναι στην γλώσσα σου».

Η Ιουλία και ο Άλεξ είδαν τον Ιακώβ να κουνάει το κεφάλι του καταφατικά και ύστερα να ανοίγει το στόμα του και να προφέρει κάποιες λέξεις. Όμως αυτές δεν έφτασαν στα αυτιά τους.

«Λίγο πιο δυνατά Ζακ, αν μπορείς λίγο πιο δυνατά».

Ο Ιακώβ ξανά προσπάθησε πάλι χωρίς αποτέλεσμα.

«Έλα εδώ πάνω να μας το πεις, γιατί δεν ακούγεσαι καθόλου».

Ο Ιακώβ Αλγκάζι μόρφασε δυσαρεστημένος. Δεν είχε καθόλου όρεξη να τρέχει σαν το σκυλάκι όπου τον διέταζε ο διευθυντής. Έτσι ένωσε τις παλάμες του σαν χωνί και τις τοποθέτησε πάνω από τα χείλη του φωνάζοντας. Αυτή την φορά οι λέξεις του αντήχησαν σε όλη την αίθουσα, δυνατά και καθαρά.

«Ο ΘΕΟΣ ΣΩΖΕΙ».

VIII

Ο Στεφάν είχε ανοίξει την Βίβλο πάνω στα πόδια του και διάβαζε με προσοχή. Η Έλενα στεκόταν δίπλα του κολλημένη στον τοίχο και πότε έγερνε ρίχνοντας κλεφτές ματιές στο Ευαγγέλιο και πότε στερέωνε τα μάτια της στο ταβάνι ονειροπολώντας. Οι γραμμές που σχεδίαζαν πάνω στον τοίχο για την καταγραφή των ημερών, είχαν ξεπεράσει τις σαράντα και οι δυο τους είχαν αποφασίσει από κοινού να σταματήσουν να τις σχεδιάζουν. Μονάχα τους άγχωνε κάθε μέρα και περισσότερο χωρίς να τους προσφέρει κανένα όφελος.

Τις τελευταίες μέρες έτρωγαν και οι δυο τους ελάχιστα, γιατί τα τρόφιμα είχαν λιγοστέψει επικίνδυνα. Ως εκ 'τούτου περνούσαν τις περισσότερες ώρες της ημέρας ακίνητοι στην ίδια θέση κάνοντας όσο το δυνατόν λιγότερες κινήσεις.

Είχαν επιπλέον συμφωνήσει να μην κοιτάζουν ούτε τον δείκτη για το απόθεμα του οξυγόνου. Αλλά ξέρανε πως δεν τους έμενε οξυγόνο για πολλές μέρες ακόμα. Μέρα με την μέρα η ατμόσφαιρα γινόταν ολοένα και πιο βαριά και η αναπνοή τους πιο δύσκολη.

Κάποια στιγμή η Έλενα γύρισε στον Στεφάν, με τα μάτια της υγρά από δάκρυα που προσπαθούσε μάταια να κρατήσει μέσα της.

«Στεφάν, φοβάμαι πως αποτύχαμε, δεν έχει μείνει πια τίποτα να κάνουμε ώστε να σώσουμε την ζωή...ή την ψυχή μας. Όλες αυτές τις μέρες...μετά από τις συζητήσεις που κάναμε...κρατιόμουν από την σκέψη...από το όνειρο ότι...ότι θα γυρνούσαμε πίσω στην

Γη και εκεί θα μπορούσα να εφαρμόσω όλα αυτά τα ωραία πράγματα που διαβάζουμε στο Ευαγγέλιο...και να ζήσω επιτέλους με αγάπη...για όλους...τον Θεό, τους πεινασμένους, τους αδικημένους ακόμα και για τους εχθρούς μου...και Χριστέ μου πόσο το ήθελα...αλλά αυτό δεν θα γίνει...όχι δεν θα γίνει...θα...θα πεθάνουμε εδώ...και τα σώματα μας θα σαπίσουν...και κανείς δεν θα έρθει ποτέ για εμάς...ποτέ...κανένας».

Ο Στεφάν άφησε την Βίβλο στο πλάι και την κοίταξε στα μάτια.

«Δεν το ξέρεις αυτό. Μπορεί ακόμα να σωθούμε».

«Ούτε εσύ το ξέρεις αυτό Στεφάν, ούτε εσύ το ξέρεις;»

«Ναι, και από την στιγμή που δεν το ξέρω πιστεύω πως αυτό που πρέπει να κάνω είναι να εφαρμόσω το θέλημα του Θεού εδώ».

«Και τι σημαίνει αυτό;»

Ο Στεφάν χαμογέλασε. Στήριξε την πλάτη του καλύτερα στον τοίχο και χαμήλωσε για λίγο το βλέμμα του. Ύστερα σήκωσε τα μάτια του και πάλι στα δικά της.

«Είμαι εδώ για σένα».

«Φυσικά και είσαι εδώ Στεφάν. Δεν μπορώ να φανταστώ τι θέλεις να καταλάβω από αυτό που λες».

«Λοιπόν, θα γίνω λίγο πιο αναλυτικός. Προσευχήθηκα στο Θεό να με φωτίσει για να καταλάβω τι πρέπει να κάνω για να τον ευχαριστήσω. Μάλλον όμως ήθελα να τον ρωτήσω τι πρέπει να κάνω για να σωθώ. Και σαν απάντηση...κάποιες λέξεις εμφανίστηκαν στο μυαλό μου...σαν επιφοίτηση. Και ξέρεις τι έλεγαν; Η αδερφή σου είναι άρρωστη, στάσου δίπλα της».

«Στεφάν...»

«Επομένως κατάλαβα ότι ο τρόπος...αυτό που έπρεπε να κάνω για να Τον ευχαριστήσω ήταν να... σε αγαπήσω».

«Στεφάν...»

«Όμως αυτό δεν είναι δύσκολο. Δηλαδή, είσαι τόσο όμορφη, γλυκιά που θα ήμουν παράξενος αν δεν αισθανόμουν ήδη κάτι για σένα. Αλλά μετά κατάλαβα...ότι αυτό που μου ζήτησε ο Θεός είναι να σε αγαπήσω πραγματικά, δηλαδή να σε στηρίξω, να κάνω υπομονή, να είμαι...δίπλα σου μέχρι να γιατρευτείς από ότι σε κρατά...πίσω».

«Μα τι νόημα έχουν όλα αυτά...η αγάπη, η υπομονή, η προσπάθεια αν όλα έχουν τελειώσει. Στεφάν...κυριολεκτικά πονάω...νιώθω την ψυχή μου να χάνεται στο κενό...να κλείνεται σε ένα μικρό κουτάκι τόσο στενό που δεν μπορεί ούτε να ουρλιάξει».

Όσο έλεγε αυτά η Έλενα είχε κατεβάσει το κεφάλι της, τόσο ώστε να το πιγούνι της πίεζε το πάνω μέρος του θώρακά της, μιλώντας περισσότερο στον εαυτό της παρά στον Στεφάν. Αφού τελείωσε σήκωσε το κεφάλι της και τον κοίταξε.

Και εκείνος είχε χαμηλώσει το βλέμμα του, αλλά όχι τόσο όσο εκείνη. Είχε σταυρώσει τα χέρια του και της φάνηκε ή μάλλον κατάλαβε ότι προσευχόταν, προσευχόταν για αυτήν. Ένιωσε να ηρεμεί σε κάποιο βαθμό, ήτανε η αίσθηση ότι κάποιος την νοιαζότανε και την αγαπούσε ή η προσευχή του Στεφάν είχε αρχίσει να έχει επίδραση.

Γύρισε και κάθισε πάλι δίπλα του. Τα χέρια του άνοιξαν και την τύλιξαν σε μια θερμή αγκαλιά. Οι δύο τους έμειναν αρκετή ώρα έτσι.

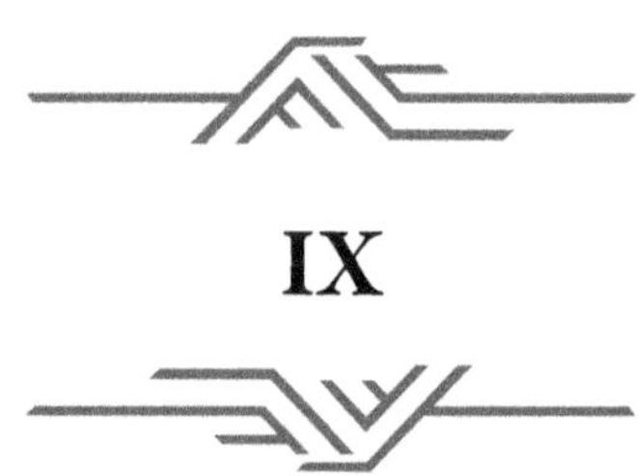

IX

Tο μη επανδρωμένο διαστημικό μεταφορικό σκάφος ΤΕΛΑΖΑΡ στροβιλιζόταν αρμονικά στο σκοτεινό διάστημα, μεταφέροντας προμήθειες στον διαστημικό σταθμό ΦΑΙΔΩΝ, που περιστρεφόταν γύρω από τον Άρη παρακολουθώντας την ισχνή ανθρώπινη αποικία του κόκκινου πλανήτη.

Τις πρώτες δεκαετίες λειτουργίας της αποικίας, οι μεταφορές πληθυσμού προς την αποικία γίνονταν με μεγάλη συχνότητα, ώστε η «κόκκινη αποικία» έφτασε γρήγορα να αριθμεί τους εβδομήντα χιλιάδες κατοίκους. Ανάμεσα στους οποίους δεν έλειπαν και οι διάσημοι ηθοποιοί αλλά και μεγιστάνες του χρήματος. Προβλέποντας τον παροξυσμό που θα επακολουθούσε το διεθνές διαστημικό επιμελητήριο είχε προτείνει την κατασκευή ενός διαστημικού σταθμού, σε τροχιά γύρω από τον πλανήτη, ώστε να λειτουργεί βοηθητικά προς τους έποικους.

Γρήγορα ο ΦΑΙΔΩΝ γέμισε με την αφρόκρεμα του διεθνούς επιστημονικού δυναμικού και συγκέντρωνε συχνά τα φώτα της δημοσιότητας. Όμως αυτό δεν κράτησε για πολύ.

Σταδιακά οι πλούσιοι και οι διάσημοι βαρέθηκαν και επέστρεψαν στη Γη. Παρομοίως και οι υπόλοιποι άποικοι συνειδητοποίησαν ότι ο κόκκινος πλανήτης δεν είχε και τόσο πολλά να τους προσφέρει και πολλοί ζήτησαν να γυρίσουν πίσω.

Στην αρχική άρνηση του αιτήματος τους, οι άποικοι απάντησαν με οργανωμένες διαμαρτυρίες που σταδιακά κλιμακώθηκαν σε καταστροφές και βανδαλισμούς. Ως αποτέλεσμα, πολύ από τους επιφανείς επιστήμονες εγκατέλειψαν μαζικά τα πόστα τους, διαμαρτυρόμενοι για την παραβίαση των δικαιωμάτων των εποίκων. Η κατακραυγή γενικεύθηκε και στην Γη και γρήγορα εμφανίστηκε το κίνημα «Ελευθερώστε τους Αρειανούς», το οποίο κατάφερε να ενώσει μέλη διαφορετικών πολιτικών αντιλήψεων και κοινωνικών ομάδων.

Έτσι εξαιτίας του κοινωνικού αναβρασμού το αίτημα των «Αρειανών» ικανοποιήθηκε και γρήγορα η αποικία άρχισε να αδειάζει αφήνοντας σε λίγα χρόνια έναν πληθυσμό όχι μεγαλύτερο των τεσσάρων χιλιάδων ανθρώπων.

Ως αποτέλεσμα της παρακμής της αποικίας, ο διαστημικός σταθμός ΦΑΙΔΩΝ παράκμασε επίσης. Από διεθνής σταθμός πρώτης εμβέλειας μετατράπηκε ατύπως σε ένα δευτεροκλασάτο παράρτημα της ΝΑΣΑ, καθώς η πλειοψηφία των εναπομεινάντων αποίκων ήταν πολίτες των ΗΠΑ.

Το μεγαλύτερο γεγονός που λάμβανε χώρα πλέον στον σταθμό δεν ήταν άλλο από την υποδοχή των προμηθειών που έστελνε η

ΝΑΣΑ μια φορά κάθε έξι μήνες. Αυτή την φορά περίμεναν τον ΕΛΑΖΑΡ.

Ο Διοικητής του ΦΑΙΔΩΝ, Ευγένιος Γκουρέρο, μαζί μια μικρή ομάδα τεσσάρων επιστημόνων είχαν προσεγγίσει το διάζωμα σύζευξης όπου περίμεναν τον ΕΛΑΖΑΡ να προσεγγίσει τον σταθμό.

Χωρίς ιδιαίτερη βιασύνη και όχι πριν τις 15:00 το μεσημέρι ώρα Άρη, το ΕΛΑΖΑΡ μπήκε σε τεχνητή τροχιά γύρω από το ΦΑΙΔΩΝ. Σταδιακά και με κάθε κύκλο το μεταφορικό σκάφος προσέγγιζε ολοένα και περισσότερο τον πελώριο διαστημικό σταθμό. Μετά από τουλάχιστον μία ώρα κυκλικών περιστροφών το μεταφορικό κατάφερε να επιτύχει την σύζευξη με τον σταθμό.

Ο Ευγένιος και η ομάδα του έτρεξαν με βιασύνη να ξεφορτώσουν τις προμήθειες. Το βραδάκι θα ακολουθούσε ένα εθιμοτυπικό γλέντι και ήθελαν να τελειώσουν γρήγορα για να προετοιμαστούν για αυτό.

Ο Ευγένιος κατευθύνθηκε προς την κλειστή καταπακτή του ΕΛΑΖΑΡ, γράπωσε με δύναμη το χερούλι και το έσπρωξε με δύναμη προς τα μέσα και προς τα πάνω. Η καταπακτή άνοιξε και εκείνος άνοιξε την πόρτα διάπλατα.

«Διοικητά, οι μετρήσεις δείχνουν πως το ΕΛΑΖΑΡ είναι βαρύτερο από ότι είχε προγραμματιστεί», ακούστηκε η φωνή της Μάριαν Νουόγκο από την εσωτερική διεπικοινωνία.

«Πόσο πολύ Μάριαν;»

«Σχεδόν μισός τόνος, Διοικητά».

«Περίεργο», ο Ευγένιος γύρισε προς την υπόλοιπη ομάδα, «οι Γήινοι δεν μας έχουν συνηθίσει σε τέτοιες παρεκκλίσεις, έτσι δεν είναι παιδιά;»

«Μπορεί να μας κάνουν κάποιο δώρο για να μας καλοπιάσουν κύριε Διοικητά».

Ο ΑΧΙΛΛΕΑΣ ΕΠΕΣΕ

«Ναι, είναι χουβαρντάδες τα καθάρματα».

«Ίσως πρόκειται για σύνεργα, ώστε να μας αναθέσουν κάποια μελέτη».

«Μπα αποκλείεται, θα μας είχαν ειδοποιήσει».

«Μπορεί να το ξέχασαν, είναι πολυάσχολοι εκεί κάτω».

«Για σταματήστε όλοι τώρα», ύψωσε την φωνή του ο Ευγένιος, «θα μπούμε μέσα και θα δούμε. Πιθανότητα θα άλλαξε κάποια οδηγία της διεθνούς διαστημικής υπηρεσίας και θα αυξήσανε λίγο τις ποσότητες».

«Δεν είναι και λίγο ο μισός τόνος, κύριε Διοικητά».

Ο Ευγένιος δεν απάντησε και προχώρησε μέσα στο εσωτερικό του διαστημόπλοιου ακολουθούμενος από την τετραμελή ομάδα των επιστημόνων. Δεν είχαν κάνει όμως ούτε τρία μέτρα μέσα στο εσωτερικό του σκάφους όταν ένας διαπεραστικός αλλά σύντομος ήχος τους ξάφνιασε. Ακολουθώντας τον ήχο ένα δισδιάστατο ολόγραμμα ξεπετάχτηκε από κάποιο σημείο που δεν μπορούσαν να δούνε. Μπροστά τους έστεκε η σκεπτική δισδιάστατη μορφή του Σωτηριάδη.

«Χαιρετίσματα από τον πλανήτη Γη. Είμαι ο Διευθυντής της ΝΑΣΑ Αλέξιος Σωτηριάδης, αλλά μπορείτε να με φωνάζετε Άλεξ. Εσάς δεν σας ξέρω αλλά αφού σας έχω στείλει εκεί τότε σίγουρα θα είστε πολλά υποσχόμενοι νεαροί και νεαρές επιστήμονες. Όπως ίσως θα ξέρετε αν διαβάζατε τις ειδήσεις από την Γη, δεν πρόκειται να είμαι σε αυτή την θέση για πολύ καιρό ακόμα. Επομένως δεν υπάρχει απολύτως τίποτα το οποίο να μπορώ να σας διατάξω να κάνετε. Εντούτοις όμως έχω να σας αναθέσω μια αποστολή».

Το ολόγραμμα του Σωτηριάδη έκανε μια παύση και για μια απειροελάχιστη στιγμή εξαφανίστηκε, για να επανεμφανιστεί πάλι με μια ελαφρώς αλλαγμένη έκφραση στο πρόσωπο.

«Πρώτα όμως θέλω να σας διηγηθώ μια ιστορία. Πρόκειται για την αγαπημένη μου ιστορία όταν ήμουν παιδί και πιστεύω πως θα σας φανεί ιδιαίτερα διαφωτιστική για την όλη υπόθεση. Είναι η ιστορία του Οδυσσέα, του βασιλιά του ελληνικού νησιού της Ιθάκης. Λοιπόν...ο Οδυσσέας είχε δώσει μια υπόσχεση στον Μενέλαο, το βασιλιά της Σπάρτης, βάση της οποίας αν ποτέ πάθαινε κάτι η ωραία Ελένη, η γυναίκα του Μενέλαου, τότε ο Οδυσσέας θα έπρεπε να τον συνδράμει ώστε να την βοηθήσει. Και το κακό έγινε. Η Ελένη έπεσε θύμα της σαγηνευτικής γοητείας του Πάρη, ενός πρίγκιπα της Τροίας και έφυγε μαζί του εγκαταλείποντας τον άντρα της και τα παιδιά τους. Αυτό είχε ως αποτέλεσμα να ξεκινήσει ένας τρομερός πόλεμος, ο Τρωικός Πόλεμος που κράτησε δέκα χρόνια. Λοιπόν ο Οδυσσέας, πιστός στην υπόσχεση του, προσπάθησε να βρει έναν τρόπο να τελειώσει ο πόλεμος και να καταφέρουν να πάρουν πίσω την Ελένη. Και αυτό που σκέφτηκε ήταν ο Δούρειος Ίππος. Ένα πελώριο ξύλινο άλογο, κούφιο από μέσα, στο οποίο κρύφτηκε ο ίδιος και οι στρατιώτες του. Λοιπόν, οι Τρώες βλέποντας τους εχθρούς τους να έχουν φύγει άνοιξαν την πύλη και έφεραν μέσα το ξύλινο άγαλμα, νομίζοντας ότι ο κίνδυνος είχε περάσει. Φαντάζομαι μπορείτε να φανταστείτε τι επακολούθησε, δεν είναι έτσι;»

Άλλη μια παύση εμφανίστηκε στο ολόγραμμα και η εικόνα του Σωτηριάδη επέστρεψε αλλαγμένη. Αυτή την φορά φαινόταν μόνο από την μέση και πάνω και η εικόνα του ήταν μεγεθυμένη.

«Έδωσα και εγώ μια υπόσχεση παρόμοια με τον Οδυσσέα. Και αυτός είναι ο μόνος τρόπος να την εκπληρώσω. Να με βοηθήσετε εσείς. Γιατί...»

Η αυστηρή έκφραση του Σωτηριάδη έσπασε σε ένα αμήχανο γεμάτο λύπη χαμόγελο.

«Γιατί εγώ δεν μπορώ να τα καταφέρω μόνος μου. Λοιπόν...πρόκειται για το διαστημικό ναυάγιο του Αχιλλέα, του διαστημικού σκάφους που έπεσε στην επιφάνεια του Γανυμήδη.

Σίγουρα έχετε ακούσει τις πληροφορίες ότι δεν υπήρξαν επιζώντες...αλλά αυτό δεν είναι αλήθεια...τουλάχιστον για λίγες μέρες ακόμα. Έχουμε ενδείξεις ότι ένα σήμα SOS στάλθηκε από τον Αχιλλέα λίγες ώρες μετά την πτώση. Το θέμα τέθηκε προ εβδομάδας στο Διοικητικό Συμβούλιο της ΝΑΣΑ αλλά οποιαδήποτε πρόταση για ανάληψη δράσης απορρίφθηκε ασυζητητί...κάτι που το περίμενα. Το κόστος είναι αρκετά μεγάλο και το πιθανό αποτέλεσμα εξαιρετικά αμφίβολο. Και το τελευταίο που θέλει η υπηρεσία είναι να ακουστεί πως σπατάλησε εκατοντάδες εκατομμύρια για να φέρει πίσω στην Γη μερικά πτώματα. Αλλά...πιστεύω...πως υπάρχει ελπίδα. Πείτε με ανεδαφικό...όμως θαύματα συμβαίνουν...τα είδα...τα ένιωσα...και θα ήμουν πράγματι ανεδαφικός αν αμφισβητούσα την ύπαρξη τους. Επομένως, τι λέτε θα επιβιβαστείτε στον Δούρειο Ίππο που πέρασα σε εσάς κάτω από την μύτη των χαρτογιακάδων της υπηρεσίας; Θα γίνετε οι ατρόμητοι στρατιώτες του Οδυσσέα έστω για μια και μόνη φορά;»

Το ολόγραμμα του Σωτηριάδη έμεινε για λίγο σιωπηλό. Με τα μάτια του καρφωμένα μπροστά σαν να τους κοιτούσε κατάματα. Κανείς τους δεν κουνήθηκε από εκεί που στεκότανε. Κανένας τους δεν γύρισε να φύγει.

«Λοιπόν, θα τα πω αυτά για όσους επέλεξαν να μείνουν», συνέχισε ο Σωτηριάδης, «έχω την εντύπωση πως θα έχετε προσέξει ότι ορισμένες προμήθειες που θα έπρεπε να υπάρχουν έχουν αντικατασταθεί και πως πιθανόν το συνολικό βάρος των αναλωσίμων να έχει αυξηθεί. Αυτό γιατί το εφοδίασα με τα απαραίτητα που θα χρειαστείτε για να κάνετε μερικές τροποποιήσεις στον ΕΛΑΖΑΡ ώστε να σας πάει μέχρι τον Γανυμήδη. Ακόμα, πρόσθεσα και εξειδικευμένο εξοπλισμό διάσωσης που θα σας φανεί ιδιαίτερα χρήσιμος στο να εντοπίσετε σε ποιο μέρος του σκάφους βρίσκονται οι άνθρωποι που είναι ακόμα ζωντανοί».

Ένα αχνό χαρούμενο χαμόγελο εμφανίστηκε στο πρόσωπο του.

«Και τώρα αγαπημένοι μου Θιακιώτες και Θιακιώτισσες, μιας και αφού δεχτήκατε την αποστολή κερδίσατε επάξια αυτόν τον τίτλο, θα σας συμβούλευα να αρχίσετε αμέσως την προετοιμασία. Οι άνθρωποι μας στον Γανυμήδη θα κλείνουν σχεδόν πενήντα μέρες ως ναυαγοί του διαστήματος και αποκλείεται να έχουν τροφή και οξυγόνο για πολύ ακόμα».

Το ολόγραμμα έκλεισε ξανά, αφήνοντας τους επιστήμονες με την ανάμνηση του αγωνιώδους βλέμματος στα μάτια του Σωτηριάδη, καθώς πρόφερε τις τελευταίες λέξεις. Ύστερα όμως το ολόγραμμα του εμφανίστηκε ξανά αυτήν την φορά όμως χαμογελαστό.

«Παραλίγο να το ξεχάσω...φίλοι και φίλες μου...ο Θεός μαζί σας...παντού και πάντα».

Αφότου χάθηκε οριστικά το ολόγραμμα, ο Ευγένιος γύρισε σκεπτικός προς τους συνάδελφους του.

«Μου φαίνεται πως σήμερα θα κάνουμε μια διαφορετικού είδους γιορτή, έτσι; Κάποια αντίρρηση; Ωραία πάμε...Θιακιώτες και Θιακιώτισσες».

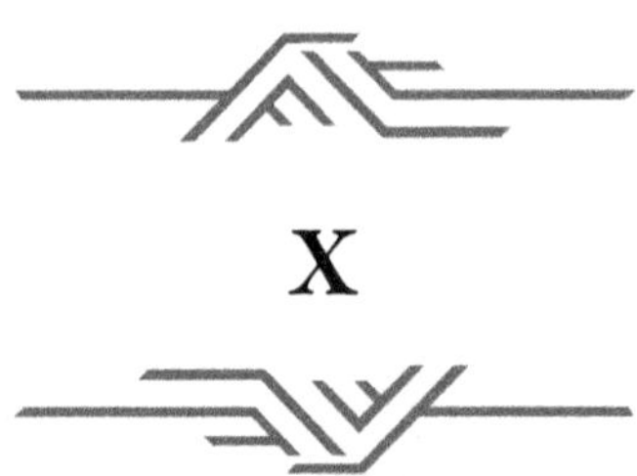

X

Η Έλενα ήταν ανήσυχη και φαινόταν σχεδόν άρρωστη από την αγωνία. Έτριψε τα πρησμένα από την αυπνία μάτια της και μετά άφησε τα χέρια της να κυλήσουν άβουλα δίπλα της, δεν είχε δυνάμεις για τίποτα πια. Ο Στεφάν βρισκόταν σε μια σχεδόν κωματώδη κατάσταση εδώ και δύο μέρες.

Άπλωσε το χέρι της και χάιδεψε τρυφερά το πρόσωπο του, εκείνος όμως ήταν τόσο καταβεβλημένος που το μόνο που κατάφερε να κάνει ήταν να κινήσει ελαφρά το κεφάλι του προς το μέρος της.

Και οι δυο τους δεν είχαν φάει τίποτα εδώ και τέσσερις μέρες και σε συνδυασμό με τη χαμηλή ποιότητα του οξυγόνου στο δωμάτιο οι δυνάμεις τους είχαν εξαντληθεί. Δύο μέρες πριν ο οργανισμός του Στεφάν δεν άντεξε άλλο και κατέρρευσε, πέφτοντας σε κώμα.

Όμως η Έλενα δεν μπορούσε να κάνει τίποτα. Καθόταν συνεχώς δίπλα του βλέποντας την ζωή να στραγγίζει από το σώμα του. Έκλαιγε, στεναχωριόταν αλλά τίποτα δεν άλλαζε. Προσπάθησε να σκεφτεί κάτι που θα μπορούσε να τον βοηθήσει, αλλά δεν μπόρεσε να βρει κάτι. Αισθανόταν απελπισμένη.

Τον κοίταξε και σκέφτηκε τι θα της έλεγε, αν μπορούσε να της μιλήσει. Σίγουρα θα την άγγιζε τρυφερά στον ώμο και θα την παρότρυνε να πει μια προσευχή για αυτόν. Να μην ανησυχεί και πως όλα θα πάνε καλά.

Ο ΑΧΙΛΛΕΑΣ ΕΠΕΣΕ

Όμως η Έλενα δεν είχε όρεξη για προσευχή. Όσες φορές είχε προσευχηθεί το τελευταίο διάστημα ήταν και εκείνος μαζί. Και τότε ένιωθε ξεχωριστά, σαν ένα ουράνιο σχοινί να τους ένωνε μαζί...με κάτι άλλο. Τώρα όμως αδυνατούσε να το νιώσει. Δυσκολευόταν να κρατήσει τα δάκρυα της. Δάκρυα λύπης αναμειγμένα με θυμό και απελπισία.

«Έπρεπε να συμβεί αυτό τώρα; Τώρα που προοδεύω σε τόσα πολλά. Τώρα που για πρώτη φορά βρήκα κάποιον και άρχισα σταδιακά να νιώθω την αγάπη. Τώρα που είχα αρχίσει να πιστεύω».

Αυτή η τελευταία σκέψη σκάλωσε στην συνείδησή της. Είχε αρχίσει να πιστεύει, δηλαδή δεν πίστευε πραγματικά...ακόμα. Γιατί; Υπήρχε κάτι που την εμπόδιζε; Υπήρχε κάτι που την κράταγε πίσω από αυτό που είχε αρχίσει να προσεγγίζει;

Έσκυψε και αγκάλιασε τα πόδια της, στηρίζοντας το μέτωπο της πάνω στα γόνατα της. Έκλεισε τα μάτια της και προσπάθησε να σκεφτεί, να αναλύσει όλα αυτά που αισθανόταν. Αλλά το μυαλό της αρνούνταν να υπακούσει. Λες και κάθε σκέψη που έκανε, έσπαζε και θρυμματιζόταν από το ίδιο της το βάρος. Θυμήθηκε πως είχε μέρες να φάει και αυτό της θύμισε τους πειρασμούς του Χριστού στην έρημο. Ο διάβολος δεν τόλμησε να πειράξει τον Κύριο τις πρώτες σαράντα μέρες της νηστείας Του, αλλά μόνο μετά από αυτές όταν πείνασε, εκμεταλλευόμενος μια αδυναμία της ανθρώπινης φύσης Του, νομίζοντας έτσι πως θα παρέσερνε σε αμαρτία και την ενωμένη με αυτήν θεϊκή Του φύση.

Η Έλενα αναλογίστηκε λίγο αυτό το γεγονός, αλλά και πάλι η σκέψη της ξαναγύρισε στον Στεφάν. Και τι νόημα μπορεί να είχαν όλα αυτά αν εκείνος πέθαινε; Ακόμα περισσότερο, τι νόημα μπορεί να είχαν όλα αυτά αν πέθαινε εκείνη;

Αισθάνθηκε άσχημα με αυτές τις σκέψεις, σαν να απογοήτευε τον Στεφάν και όχι μόνο αυτόν. Έπρεπε να αντέξει, να βρει αυτό που έπρεπε να κάνει για να σωθεί.

Και αν όλα αυτά είναι μπαρούφες του Στεφάν; Ο πατέρας της που ήταν αδιαμφισβήτητα ευφυής δεν τα πίστευε.

Η Έλενα κούνησε δεξιά και αριστερά το κεφάλι της σε άρνηση. Όχι, αυτές οι σκέψεις δεν ήταν με το μέρος της, προσπαθούσαν να την πάνε πίσω, να την απελπίσουν. Έπρεπε να σκεφτεί λίγο πιο βαθιά.

Μα αν ο Θεός υπάρχει γιατί δεν επεμβαίνει για να σε βοηθήσει; Να εδώ και τώρα, να διώξει μια και καλή τις σκέψεις της αμφισβήτησης. Ή ακόμα καλύτερα να πάρει και δυο τρεις αγγέλους μαζί του και να σε κατεβάσουν μαζί με τον Στεφάν στην γη. Τέλειο;

Ένα δάκρυ κύλησε από τα μάτια της Έλενας. Θυμόταν αυτά που της είχε πει ο Στεφάν. Άσχημα πράγματα συμβαίνουν ακόμα και στα πιο αγαπητά παιδιά του Θεού και Εκείνος επιτρέπει να συμβούν γιατί αποβλέπει στο συμφέρον τους, στην βελτίωσή τους. Μην φοβάσαι, μόνο πίστευε.

Μάταια όλα, παλεύεις χτυπώντας τον αέρα. Δεν υπάρχει δρόμος να πας εκεί που θες, εκεί ψηλά που πιστεύεις. Όλα τελείωσαν μικρούλα. Θα πεθάνεις και εσύ και ο Στεφάν.

«Όλα αυτά είναι ψέματα...φύγε μακριά μου», ψέλλισε δακρυσμένη η Έλενα και σηκώνοντας το κεφάλι της, άνοιξε τα μάτια. Όμως η ενόχληση που αισθανόταν δεν έλεγε να περάσει. Γυρνώντας το κεφάλι της, το βλέμμα της έπεσε πάνω στο Ευαγγέλιο του Στεφάν. Το έφερε στην αγκαλιά της και το κράτησε εκεί για λίγα λεπτά.

Ψέλλισε μια μικρή προσευχή που της είχε μάθει ο Στεφάν και άνοιξε την Βίβλο στην μέση. Ύστερα ξεφύλλισε τυχαία τις σελίδες ώσπου τα μάτια της στάθηκαν πάνω σε κάποια σελίδα. Προσπάθησε να κοιτάξει αυτά που ήταν γραμμένα εκεί αλλά το βλέμμα της είχε θολώσει από την αϋπνία και την εξάντληση. Προσπάθησε ξανά και μετά πάλι, ώσπου στο τέλος κατάφερε να διαβάσει τις πρώτες γραμμές.

«Αρχή του ευαγγελίου Ιησού Χριστού, υιού του Θεού.

Όπως είναι γραμμένο στο βιβλίο των προφητών: Στέλνω τον αγγελιοφόρο μου πριν από εσένα για να προετοιμάσει τον δρόμο σου.

Μια φωνή βροντοφωνάζει στην έρημο, ετοιμάστε τον δρόμο για τον Κύριο, ισιώστε τα μονοπάτια να περάσει.»

Αφού διάβασε αυτές τις γραμμές, η Έλενα συνέχισε διαβάζοντας τυχαία και άλλα αποσπάσματα ώσπου τελικά έκλεισε την Βίβλο και την άφησε δίπλα της στο πάτωμα. Όμως το συγκεκριμένο απόσπασμα παρέμενε στο μυαλό της. «Ετοιμάστε τον δρόμο για τον Κύριο, ισιώστε τα μονοπάτια να περάσει».

Άραγε αυτό ήταν το λάθος της; Τα μονοπάτια της ψυχής της ήταν τραχιά, δυσκολοδιάβατα. Γεμάτα με μυτερούς βράχους λόγω της έλλειψης θρησκευτικής παιδείας. Γεμάτα με λακκούβες που άνοιξε ένας εγωιστικός τρόπος ζωής. Ένας δρόμος γεμάτος απότομες στροφές, ένας δρόμος ακατάλληλος. Με τι θα μπορούσε αυτός ο δρόμος να λειάνει; Με τι να ισιώσει; Ποιος θα τον καθαρίσει από τις μυτερές πέτρες; Ποιος θα γεμίσει με χώμα τις βαθιές λακκούβες;

Η Έλενα έμπλεξε τα δάχτυλά της μεταξύ τους αλλά δεν βρήκε δύναμη να τα σηκώσει στο στήθος της. Έτσι σκυμμένη, με την πλάτη κολλημένη στον τοίχο, έπλεξε με την ψυχή της μια μικρή προσευχή, ελπίζοντας σαν συννεφάκι μικρό να πετάξει ως στον Κύριο.

«Τι να κάνω Κύριε; Για να ισιώσω τον δρόμο της ψυχής μου για εσένα».

Ύστερα σήκωσε τα μάτια της ψηλά, περιμένοντας απάντηση με κάποιο τρόπο. Μέσα της ένιωθε μια μικρή θέρμη, οριακά αισθητή στην αρχή, να φουντώνει και να απλώνεται. Το βλέμμα της στράφηκε προς τον Στεφάν και ένιωσε σαν να άκουσε την απάντηση.

Η αγάπη.

Ναι, η αγάπη προς τον Θεό και τον πλησίον. Η αγάπη ισιώνει τις κακοτράχαλες ψυχές, τις διορθώνει. Είναι αυτή που μετριάζει τον εγωισμό και ανοίγει τις πόρτες της ψυχής προς τους άλλους...όλους τους άλλους.

Το βασικό εργαλείο της μέθεξης με τις ενέργειες του Θεού. Το άγγιγμα του χεριού του Κυρίου. Η ουσία που συνδέει όλους τους Χριστιανούς σε μια ενιαία κοινωνία με τον Θεό, την Εκκλησία. Η Αγάπη, το βασικό όνομα του Θεού, ως η κυρίαρχη πτυχή των ενεργειών του.

Από τα μάτια της Έλενας έτρεχαν τώρα ζεστά δάκρυα ευγνωμοσύνης.

Μου ζήτησες να έρθω και ήρθα.

Η Έλενα ένιωσε όλη της την ύπαρξη να τυλίγεται από αυτή την γλυκιά ζέστη. Χωρίς όμως να αναλώνεται από αυτήν, χωρίς να βυθίζεται...αλλά σαν να αγκαλιάζεται στοργικά από δύο άυλα μπράτσα, διατηρώντας παράλληλα την προσωπική της διάσταση.

Ισιώστε τους δρόμους...αγαπήστε...βοηθήστε...και ο Χριστός θα περάσει και θα κατοικήσει μέσα σας...όχι μόνο γιατί αγαπάει τους ελεήμονες...αλλά γιατί πλέον έχει μέρος στην ψυχή σας να σταθεί και να αρχίσει το έργο Του.

Η Έλενα έγειρε και ξάπλωσε δίπλα στον Στεφάν, με τα σώματα τους να εφάπτονται τρυφερά. Φίλησε πρώτα το μέτωπό του και μετά τα χείλη του. Ύστερα σήκωσε τα μάτια της ψηλά στο ταβάνι. Το μόνο που της έμενε να κάνει ήταν ακριβώς αυτό. Να ισιώσει το μονοπάτι για να περάσει ο Κύριος.

Άρχισε, να προσεύχεται. «Δόξα Πατρί, Υιό και Άγιο Πνεύμα», «Δόξα Πατρί, Υιό και Άγιο Πνεύμα, «Δόξα Πατρί, Υιό και Άγιο Πνεύμα», ξανά και ξανά. Σταδιακά το βλέμμα της άρχισε να θολώνει, η κούραση την καταλάμβανε. Εκείνη όμως συνέχιζε. «Δόξα Πατέρα, Υιό και Άγιο Πνεύμα», «Δόξα Πατέρα, Υιό και Άγιο Πνεύμα», ξανά και ξανά.

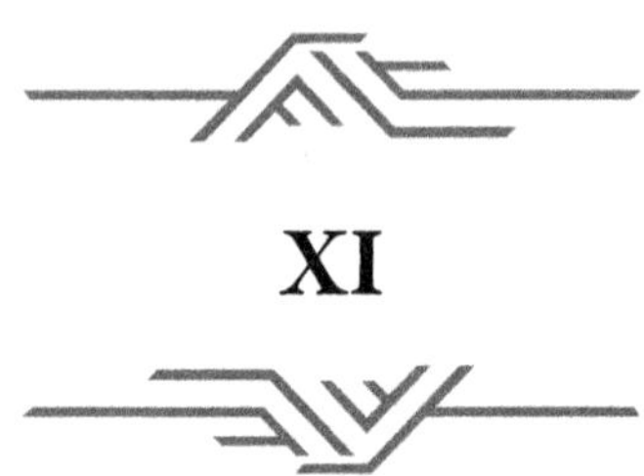

XI

Το ΕΛΑΖΑΡ περιστρεφόταν γαλήνια γύρω από τον Γανυμήδη. Μέσα του στοιβαγμένοι ο ένας δίπλα στον άλλο τα μέλη της διασωστικής ομάδας περίμεναν υπομονετικά να ολοκληρωθεί η σάρωση για τον εντοπισμό ζωντανών οργανισμών στο μεταλλικό κουφάρι του Αχιλλέα.

«Θα αργήσει πολύ αυτή η σάρωση;», ρώτησε εκνευρισμένος ο Γκάβιν.

«Βιάζεσαι να πας κάπου;», του απάντησε ειρωνικά η Μαρία.

«Κούκλα μου, όσες λιγότερες ώρες περάσω μέσα σε αυτόν τον σκουπιδοτενεκέ, για μένα είναι όφελος».

«Κούκλε μου, εγώ λέω το ίδιο για την γκρίνια σου».

«Παιδιά κόφτε το εδώ», τους έκοψε ο Ευγένιος. «Κοιτάχτε καλύτερα να ξεκουραστείτε γιατί στην περίπτωση που βρεθούν επιζώντες θα πρέπει να ρίξουμε όλοι μας πολύ δουλειά για να καταφέρουμε να τους φέρουμε πάνω στο σκάφος. Επομένως, όταν αυτή η σάρωση τελειώσει θα περιμένω από εσάς...»

Ένας εκνευριστικός ήχος ξεπήδησε από το μέρος της οθόνης μαγνητίζοντας αυτομάτως όλα τα βλέμματα. Ο Ευγένιος πλησίασε προς το μέρος της οθόνης. Έμεινε για λίγο σιωπηλός, έχοντας πλάτη τους συναδέλφους του, οι οποίοι αντάλλαξαν σιωπηλοί λίγες αγωνιώδεις ματιές. Όταν ο Ευγένιος γύρισε προς τα υπόλοιπα μέλη της αποστολής, είχε μια ειλικρινή απορία ζωγραφισμένη στο πρόσωπο του.

Ο ΑΧΙΛΛΕΑΣ ΕΠΕΣΕ

«Λοιπόν παιδιά...δεν ξέρω πως...αλλά να...ο σαρωτής επέστρεψε πίσω τρία στίγματα...που σημαίνει ότι υπάρχουν τρεις ζωντανοί άνθρωποι εκεί κάτω. Οι δύο βρίσκονται στο ίδιο δωμάτιο, ενώ ο τρίτος επιζώντας βρίσκεται τουλάχιστον δύο διαζώματα μακριά τους. Λοιπόν θα χωριστούμε σε δυο ομάδες, για να κάνουμε πιο γρήγορα. Γκάβιν εσύ θα πας με την Μαρία και ο Σκοτ θα έρθει μαζί μου. Εσείς θα πάτε προς τα δύο στίγματα που βρίσκονται μαζί και εμείς θα πάμε να πάρουμε το άλλο. Εντάξει; Κάποιο σχόλιο; Ωραία, πάμε».

Ο Ευγένιος και ο Σκοτ επιβιβάστηκαν σε ένα μικρό σκάφος προσγείωσης, το οποίο τους κατέβασε στην επιφάνεια του Γανυμήδη. Ύστερα το έστειλαν να ανέβει πίσω στο ΕΛΑΖΑΡ για να παραλάβει την Μαρία και τον Γκάβιν. Εκείνοι φόρτωσαν τα απαραίτητα σύνεργα σε ένα τετράτροχο ρομπότ και επιβιβάστηκαν με την σειρά τους στο σκάφος προσγείωσης.

Καθώς το μικρό σκάφος αποχωριζόταν το ΕΛΑΖΑΡ και κατέβαινε στην αφιλόξενη επιφάνεια του Γανυμήδη, τόσο ο Γκάβιν όσο και η Μαρία αισθάνθηκαν τους καρδιακούς παλμούς τους να αυξάνονται και το αίμα να ανεβαίνει με ταχύτητα στο κεφάλι τους.

Η μικρή διαδρομή από τον ΕΛΑΖΑΡ μέχρι την γκριζωπή επιφάνεια του δορυφόρου κράτησε σχεδόν είκοσι λεπτά. Με το που προσγειώθηκε το σκάφος, η πόρτα άνοιξε και οι δυο επιστήμονες αντίκρυσαν για πρώτη φορά την καταθλιπτική επιφάνεια του μεγαλύτερου δορυφόρου του Δία.

Κατευθύνθηκαν προς τα συντρίμμια του Αχιλλέα ψάχνοντας για κάποιο άνοιγμα που θα τους επέτρεπε να εισχωρήσουν στο εσωτερικό του. Προχωρούσαν αργά και με μεγάλη δυσκολία, καθώς η μεγάλη μάζα του φεγγαριού, τους τραβούσε με πολλαπλάσια δύναμη σε σχέση με την Γη.

«Βλέπεις τίποτα, κάποια...αχίλλεια πτέρνα;» ρώτησε ο Γκάβιν, γελώντας.

«Όχι και δεν είναι ώρα για κακόγουστα αστεία Γκάβιν».

«Ότι πεις, εγώ για να...ελαφρύνω την ατμόσφαιρα το είπα».

Η Μαρία άρχισε να κινείται κατά μήκος του Αχιλλέα ψάχνοντας για είσοδο, ενώ ο Γκάβιν αποφάσισε απλώς να την ακολουθεί φυλάσσοντας δυνάμεις για αργότερα.

«Γκάβιν, Γκάβιν», ακούστηκε μετά από ώρα η φωνή της Μαρίας από την ενδοεπικοινωνία, «βρήκα την αχίλλεια πτέρνα, έλα κοντά μου και φέρε τον τροχό μαζί σου».

Ο Γκάβιν πλησίασε την Μαρία με τον τροχό ανά χείρας. Το άνοιγμα δεν ήταν αρκετά μεγάλο και θα χρειαζόταν να το ανοίξουν μόνοι τους. Ο Γκάβιν τοποθέτησε το ογκώδες εργαλείο πάνω στην μεταλλική επιφάνεια και, στην μικρή οθόνη του κοπτικού τροχού επέλεξε το κράμα που είχε χρησιμοποιηθεί στην κατασκευή του Αχιλλέα. Αμέσως ο τροχός ξεκίνησε να περιστρέφετε με μεγάλη ταχύτητα κόβοντας σιγά σιγά το εξωτερικό περίβλημά του διαστημόπλοιου.

Όταν το άνοιγμα επεκτάθηκε ικανοποιητικά, ο Γκάβιν γύρισε χαμογελώντας θριαμβευτικά προς το μέρος της Μαρίας.

«Ώρα να πατήσουμε το κάστρο της Τροίας, γλυκιά μου».

«Ωραία, από εδώ και στο εξής θα σε φωνάζουμε Γκάβιν ο πορθητής ή Γκάβιν ο καταχτητής».

Ο Γκάβιν προχώρησε γρήγορα μέσα στο σκάφος, χωρίς να δώσει σημασία στο πείραγμα.

«Ένα μικρό βήμα για εμένα, ένα μεγάλο βήμα για την...την...», ο Γκάβιν σταμάτησε μην μπορώντας να βρει κάτι αστείο να πει.

«Για την ανθρωπιά», συμπλήρωσε η Μαρία.

Ο ΑΧΙΛΛΕΑΣ ΕΠΕΣΕ

«Ωραίο Μαρία, μ᾽ αρέσει. Λες και εσύ ωραία πράγματα πού και πού».

Άνοιξαν τους φακούς τους, φωτίζοντας το καταστραμμένο εσωτερικό του διαστημόπλοιου. Η Μαρία κοίταξε τον σαρωτή για να εντοπίσει την θέση των επιζώντων. Προχώρησαν σιωπηλοί για μερικά μέτρα ακολουθώντας της ενδείξεις του σαρωτή.

«Οι επιζώντες βρίσκονται ακριβώς πίσω από αυτόν τον τοίχο. Θα πρέπει να τον ανοίξουμε με προσοχή».

Ο Γκάβιν τοποθέτησε στο πάτωμα ένα μεγάλο πλαστικό κουτί. Από την δεξιά πλευρά του τράβηξε ένα λεπτό αλουμινένιο κύλινδρο με μυτερή άκρη σαν καρφίτσα και τον έφερε να εφάπτεται στην δεξιά πλευρά του δωματίου. Ύστερα έπιασε μια μικρή εγκοπή κατά μήκος του κυλίνδρου και άρχισε να τον στριφογυρίζει με δύναμη έως του χώθηκε μέσα στον τοίχο. Στερέωσε άλλον έναν κύλινδρο στην αριστερή πλευρά και άλλον έναν στο ταβάνι. Τέλος τους ένωσε μεταξύ τους.

Ύστερα έβγαλε από το πλαστικό κουτί, μεγάλα κομμάτια από μια εύκαμπτη πλαστική μεμβράνη και την εφάρμοσε σε ειδικές εγκοπές κατά μήκος των κυλίνδρων. Τώρα ο χώρος ήταν αεροστεγώς κλεισμένος. Ο Γκάβιν ενεργοποίησε έναν μηχανισμό στο εσωτερικό του κουτιού και η παραγωγή οξυγόνου άρχισε. Αυτή η διαδικασία ήταν απαραίτητη για το καλό των ανθρώπων που βρίσκονταν πίσω από τον μεταλλικό τοίχο ώστε να μην πεθάνουν από ασφυξία όταν θα άνοιγαν τον τοίχο.

Όταν ο μικρός χώρος γέμισε από οξυγόνο, ο Γκάβιν πήρε ξανά τον κοπτικό τροχό και τον τοποθέτησε πάνω στον τοίχο.

«Ξέρεις ποιο είναι το αστείο στην δική μας περίπτωση;»

«Όχι, Γκάβιν, δεν ξέρω».

«Ότι συμμετέχουμε σε μια από τις πιο φιλόδοξες επιχειρήσεις διάσωσης στην ιστορία της ανθρωπότητας και κατά πάσα πιθανότητα δεν θα γίνει ποτέ ευρέως γνωστή».

«Νόμιζα πως αυτό ήταν το νόημα».

«Δηλαδή;»

«Να μην ξέρει η δεξιά τι ποιεί η αριστερά. Να κάνουμε αυτό που πρέπει χωρίς να μας ενδιαφέρει αν αυτό θα αναγνωριστεί ή όχι».

«Μπορεί...δεν το είχα σκεφτεί αυτό».

Μετά από ώρα ένα μεγάλο κομμάτι του μεταλλικού τοίχου υποχώρησε και οι δυο διασώστες προχώρησαν μέσα στο δωμάτιο. Εκεί αντίκρυσαν την Έλενα και τον Στεφάν, ξαπλωμένους κολλητά τον ένα δίπλα στον άλλο. Πλησιάζοντας τους το βλέμμα της Μαρίας έπεσε πάνω στα πρόσωπα τους. Της φάνηκαν περιέργως γαλήνια.

«Ευτυχώς είναι ακόμα ζωντανοί», έσπασε την σιωπή, η φωνή του Γκάβιν, «έλα μην στέκεσαι ακίνητη πάμε να τους βγάλουμε από εδώ».

«Ναι...ναι...πάμε».

Ο ΑΧΙΛΛΕΑΣ ΕΠΕΣΕ

Τους τοποθέτησαν μέσα σε ειδικά σχεδιασμένα φορεία και τους μετέφεραν μέχρι το σκάφος προσγείωσης. Ο Γκάβιν επιβιβάστηκε πρώτος με το ένα φορείο και η Μαρία έμεινε με το δεύτερο στην επιφάνεια του Γανυμήδη, περιμένοντας μέχρι το σκάφος να επιστρέψει.

Εκείνη όμως δεν την πείραζε, την αποζημίωνε το υπέροχο θέαμα του πελώριου πλανήτη που πρόβαλε μπροστά στα μάτια της κάνοντας την να αισθάνεται μικροσκοπική. Ένα ελάχιστο ψίχουλο μέσα στην απεραντοσύνη της δημιουργίας. Και όμως υπήρχαν στιγμές που νόμισε πως μπορούσε να καταφέρει τα πάντα. Τίποτα δεν είναι άπιαστο, τίποτα δεν είναι τόσο μακριά για να το φτάσεις...εκτός ίσως από την ταπείνωση.

Της φάνηκε πως...ναι αυτό άξιζε να το πάρει πίσω μαζί της. Ένα μικρό δώρο από την πτώση του πελώριου ΑΧΙΛΛΕΑ, που σώθηκε από τον μικρό ΕΛΑΖΑΡ, την ταπείνωση.

«Κοίτα τον Δία», σκέφτηκε, «είναι τόσο μεγάλος, τόσο υποβλητικός...κι 'όμως αποτελείται κυρίως από αέρια και σκόνη...η μάζα του είναι πολύ μικρή...αλλά αυτός φουσκώνοντας με αέρια μοιάζει να είναι ο μεγαλύτερος πλανήτης από όλους. Αλλά κοίτα πόσο μακριά στέκει από τον ήλιο...».

Σκεπτόμενη αυτά παρατήρησε κάτι άλλο, σχετικά απλό, αλλά που το πρόσεχε για πρώτη φορά. Ο πιο κοντινός πλανήτης στον ήλιο δεν ήταν άλλος από τον Ερμή, τον πιο μικρό από όλους τους κανονικούς πλανήτες.

«Οι τελευταίοι έσονται πρώτοι», ψιθύρισε χαμογελώντας και το χαμόγελο παρέμεινε για πολλή ώρα στα χείλη της.

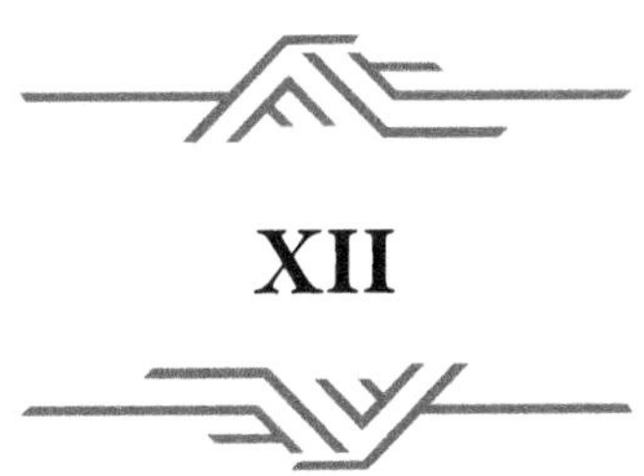

XII

Ο Μάικλ Όνλιμι καθόταν σκυφτός στην αίθουσα αναμονής του νοσοκομείου. Το πρόσωπό του ήταν καλοξυρισμένο, τα ρούχα του καινούρια και καθαρά, ενώ είχε βάλει αρκετή κολόνια ώστε είχε καλύψει οποιαδήποτε άλλη μυρωδιά μέσα στο δωμάτιο. Το μόνο που δεν είχε αλλάξει στην εμφάνισή του ήταν η θλιμμένη έκφραση που δέσποζε ακόμα στο πρόσωπο του.

Όσο περνούσε η ώρα γινόταν ολοένα και πιο ευέξαπτος, χτυπώντας νευρικά μεταξύ τους τα ακριβά δερμάτινα παπούτσια του.

«Μα γιατί αργούν τόση ώρα; Μου είπαν πως σήμερα ήταν καλύτερα και θα μπορούσα να την δω. Αν έπαθε τίποτα; Όχι, όχι, δεν κάνει, είπαμε μόνο θετικές σκέψεις...μόνο θετικές».

Ύστερα από λίγο μια νοσοκόμα πέρασε έξω από την αίθουσα αναμονής και ο Μάικλ πετάχτηκε πίσω της για να μάθει περισσότερες πληροφορίες.

«Καλημέρα σας...είμαι ο πατέρας της Έλενας Όνλιμι...μου τηλεφώνησαν και είπαν ότι είναι καλύτερα και...πως θα μπορούσα να έρθω να την δω».

Η νοσοκόμα έριξε μια γρήγορη ματιά στο ηλεκτρονικό κατάλογο ασθενών που ήταν ενσωματωμένος στον δονητή της. Έψαξε το όνομα της Έλενας, και ύστερα του απευθύνθηκε χαμογελώντας.

«Μην ανησυχείτε κύριε Όνλιμι...η κόρη σας είναι καλά...αλλά δεν θα μπορέσετε να την δείτε πριν τις έντεκα το πρωί. Αυτή την ώρα παίρνει το πρωινό της...που δεδομένου της κατάστασης της είναι λίγη στερεά τροφή και κυρίως ένας ορός που περιέχει θρεπτικά στοιχεία...αυτή η διαδικασία όσο απλή και αν ακούγεται δεν πρόκειται να τελειώσει πριν από τις έντεκα».

«Καλά, καλά...σας ευχαριστώ πολύ», απάντησε εκείνος και ξαναγύρισε στην θέση του στην αίθουσα αναμονής.

Ο Μάικλ θυμήθηκε πως τον είχαν πράγματι ενημερώσει σχετικά με το ωράριο της επίσκεψης αλλά μέσα στην αγωνία του το είχε ξεχάσει. Αλλά ποιος μπορούσε να τον αδικήσει. Οι τελευταίες μέρες ήταν ιδιαίτερα συνταρακτικές για εκείνον.

Αρχικά, τον πληροφόρησαν ότι η κόρη του είναι ζωντανή και πως επιστρέφει στην Γη με ασφάλεια. Η χαρά που κατέκλισε την ψυχή του Μάικλ στο άκουσμα αυτού του ανέλπιστου θαύματος είναι αδύνατο να περιγραφεί με λόγια, αλλά πρόκειται για τις συγκινήσεις που δεν συμβαίνουν πολλές φορές στην ζωή ενός ανθρώπου. Ύστερα, όταν έφτασε η κόρη του στην Γη του είπαν πως από την υπερβολική εξάντληση η κόρη του βρισκόταν σε κώμα. Αυτό μετρίασε κάπως την χαρά του Μάικλ αλλά όχι αρκετά ώστε να τον βυθίσει ξανά στην προηγούμενη απογοήτευση.

Τελικά μετά από λίγες μέρες η Έλενα ξύπνησε από το κώμα αλλά ο οργανισμός της ήταν ιδιαίτερα ταλαιπωρημένος καθώς και η πλειοψηφία των μυώνων της είχαν πέσει σε ατροφία. Έτσι ξεκίνησε έναν εντατικό κύκλο θεραπείας και ειδικής διατροφής προκειμένου να επαναφέρει το σώμα της στην προηγούμενη του κατάσταση. Μόλις η κατάστασή της έγινε καλύτερη, οι γιατροί ειδοποίησαν τον Μάικλ να την επισκεφτεί για πρώτη φορά.

Ο ΑΧΙΛΛΕΑΣ ΕΠΕΣΕ

Τελικά, ύστερα από αρκετές ώρες αναμονής μια νοσοκόμα τον ενημέρωσε πως μπορούσε να περάσει στο δωμάτιο της Έλενας και να την δει.

«Προσπαθήστε να μην την κουράσετε ιδιαίτερα...είναι ακόμα αρκετά αδύναμη, αλλά σίγουρα θα τις κάνει καλό να έρθει σε επαφή με ένα αγαπητό της πρόσωπο», του είπε καθώς τον οδηγούσε στο δωμάτιο που βρισκόταν η κόρη του.

Μέσα στο δωμάτιο, υπήρχαν δύο κρεβάτια, ένα για την Έλενα και ένα για τον Στεφάν, ένα μικρό παράθυρο από όπου έμπαινε λίγο φως και μια τηλεόραση, μονίμως ανοιχτή. Ο Μάικλ πλησίασε το κρεβάτι της κόρης του και κάθισε προσεκτικά στην άκρη του κρεβατιού. Έμεινε έτσι λίγο να την κοιτάζει καθώς κειτόταν κοιμισμένη. Ύστερα, άπλωσε το χέρι του και την χάιδεψε τρυφερά. Εκείνη αντιδρώντας στο άγγιγμά του, ξύπνησε και άνοιξε τα μάτια της και ένα χαμόγελο γράφτηκε στα χείλη της.

«Θες να σε βγάλω μια βόλτα στον κήπο», της ψιθύρισε.

Εκείνη κούνησε καταφατικά το κεφάλι της, καθώς ήταν αρκετά αδύναμη και δεν μπορούσε ακόμα να μιλήσει με ευκολία. Ο Μάικλ εγκατέλειψε βιαστικός το δωμάτιο και επέστρεψε στο δωμάτιο με ένα αναπηρικό αμαξίδιο. Μετά την σήκωσε στα χέρια του και την τοποθέτησε με προσοχή πάνω στο αμαξίδιο.

Την κατέβασε στην αυλή, για να δει την φύση, τον ουρανό και τον ήλιο, γνωρίζοντας ότι θα της είχαν λείψει πάρα πολύ. Γρήγορα όμως την μετακίνησε στην σκιά γιατί ο δυνατός ήλιος την ενοχλούσε. Έκατσε δίπλα της και πήρε τα χέρια της στα δικά του, χαϊδεύοντας τα τρυφερά. Ήταν η πρώτη φορά που η Έλενα τον έβλεπε τόσο συγκινημένο.

«Κοριτσάκι μου...Έλενα μου...δυσκολεύομαι ακόμα και να το πω. Όλο αυτό τον καιρό που σε είχα για χαμένη...σκέφτηκα πολλά...έκανα την αυτοκριτική μου που λένε και διαπίστωσα ότι...χωρίς εσένα η ζωή μου ήτανε άδεια...κούφια. Και επειδή δεν θέλω άλλο πια να σκέφτομαι αυτή την περίοδο, θέλω μόνο να σου πω τις αποφάσεις που πήρα. Λοιπόν, αποφάσισα ότι από εδώ και πέρα θα περνάω περισσότερο χρόνο μαζί σου. Δεν θα σε πιέζω ούτε θα είμαι απότομος και σου υπόσχομαι πως ότι και να κάνω δεν θα ξεχάσω ποτέ τι μεγάλο δώρο είσαι εσύ στην ζωή μου. Έτσι καλή μου; Και αν υπάρχει κάτι άλλο που θες να αλλάξω ως προς την συμπεριφορά μου, σου υπόσχομαι πως με το που μου το πεις θα προσπαθήσω να το κάνω πράξη αμέσως».

Λίγα δάκρυα κύλησαν από τα μάτια της Έλενας. Το αδυνατισμένο πρόσωπο της σηκώθηκε προς τον ουρανό και τα ύστερα γύρισε και κοίταξε τον πατέρα της. Άνοιξε τα τρεμάμενα από την προσπάθεια χείλια της προσπαθώντας να του πει κάτι. Εκείνος, έσκυψε κοντά της και τοποθέτησε το αυτί του κοντά στα χείλη της για να την ακούσει. Η φωνή της ήταν βραχνή και μιλούσε με δυσκολία αλλά κατάφερε να ψιθυρίσει ορισμένα λόγια.

«Ετοιμάστε τον δρόμο για τον Κύριο, ισιώστε τα μονοπάτια να περάσει».

ΤΕΛΟΣ

Don't miss out!

Visit the website below and you can sign up to receive emails whenever Γιώργος Γεράσιμος Μαντζιώκας publishes a new book. There's no charge and no obligation.

https://books2read.com/r/B-A-HBTR-ILYXB

BOOKS 2 READ

Connecting independent readers to independent writers.

Did you love *Ο Αχιλλέας Έπεσε*? Then you should read *Οι Φυλακισμένοι* by Γιώργος Γεράσιμος Μαντζιώκας!

Στην ψυχιατρική κλινική, «Χείρα Βοηθείας», χωρίς καμμία προειδοποίηση, μια ομάδα ασθενών εξεγείρεται και καταλαμβάνει ένα μεγάλο μέρος της κλινικής.

Η επικοινωνία με τον εξωτερικό κόσμο διακόπτεται βίαια και οι γιατροί και νοσηλευτές βρίσκονται παγιδευμένοι.

Σταδιακά, οι ασθενείς επιχειρούν να αναλάβουν τον ρόλο των θεραπευτών και να επιβάλουν τη δική τους λογική.

Οι ρόλοι θα αντιστραφούν, με τη διαχωριστική γραμμή ανάμεσα στη λογική και την τρέλα, την υγεία και την αρρώστια να θολώνει.

Μέσα στη μικρή κλινική, αναπτύσσεται η παράξενη σύγκρουση, της λογικής με την τρέλα.

About the Author

Ονομάζομαι Γιώργος Γεράσιμος Μαντζιώκας και γεννήθηκα το 1999, στην Αθήνα. Το 2022, ολοκλήρωσα την πρώτη μου νουβέλα με τίτλο "Ο Αχιλλέας Έπεσε" η οποία έλαβε έναν γ' έπαινο ένα ά' βραβείο σε λογοτεχνικούς διαγωνισμούς. Το 2023 ολοκλήρωσα το "Οι Φυλακισμένοι", που είναι το πρώτο μου μυθιστόρημα, απέσπασε το πρώτο βραβείο στην κατηγορία Μυθιστόρημα Νέων.

www.ingramcontent.com/pod-product-compliance
Lightning Source LLC
Chambersburg PA
CBHW052058150726

48002CB00002B/945